Enid Blyton

SIETE SECRETOS

Una aventura de los Siete Secretos

ILUSTRADO POR Tony Ross

EJ

editorial juventud

Barcelona

Título original: SECRET SEVEN ADVENTURE
Autora: Enid Blyton, 1950

© Hodder & Stoughton Ltd, 2013
© de las ilustraciones: Tony Ross

La firma de Enid Blyton es una marca registrada de Hodder & Stoughton Ltd.
Todos los derechos reservados

© de la traducción española:
EDITORIAL JUVENTUD, S. A., 1962
Provença, 101 - 08029 Barcelona
info@editorialjuventud
www.editorialjuventud.es
Traducción de Federico Ulsamer
Texto revisado y actualizado en 2015
Primera edición en este formato, 2015
ISBN 978-84-261-4257-3
DL B 15210-2015
Núm. de edición de E. J.: 13.103
Printed in Spain
Grafilur, S. A., Avda. Cervantes, 51 - 48970 Basauri (Vizcaya)

Una aventura de los

Siete Secretos

¿Ya tienes todos los libros de los Siete Secretos,
de Enid Blyton?

ÍNDICE

CAPÍTULO UNO

REUNIÓN DEL CLUB DE LOS SIETE SECRETOS

EL CLUB de los Siete Secretos iba a celebrar uno de sus habituales encuentros semanales. El punto de reunión era el viejo cobertizo del jardín de Peter y Janet. En la puerta estaban pintadas en verde las letras C. S. S.

Peter y Janet ya estaban en el cobertizo, esperando a sus amigos. Janet exprimía limones en una gran jarra. Estaba preparando limonada para la reunión. En una fuente había siete galletas de jengibre y una gran galleta destinada a *Scamper*, el perro *spaniel*, que no quitaba ojo a la fuente, como si temiera que su merienda pudiese huir de pronto o esfumarse.

–Ya vienen los demás –dijo Peter desde la ventana–. Sí, vienen los cinco: Colin, Jorge, Bárbara, Pamela y Jack. Cinco y nosotros dos, siete; o sea que ya estamos todos.

—¡Guau, guau! —protestó *Scamper* al verse excluido.

—Lo siento, *Scamper* —dijo Peter—, pero tú no eres miembro del club; como mucho, eres un ayudante. ¡Pero un ayudante estupendo!

¡Toc, toc! Llamaban a la puerta.

—¡Contraseña! —gritó Peter, que nunca abría la puerta hasta oír la contraseña.

—«¡Conejos!» —dijo Colin.

Peter abrió.

—«¡Conejos!» —dijo Jack.

—«¡Conejos!» —dijeron los demás.

Era la última contraseña. El Club de los Siete la cambiaba todas las semanas, por si alguna persona ajena a la sociedad la descubría.

Peter fue examinando a sus compañeros a medida que se sentaban.

—¿Dónde está tu insignia, Jack? —preguntó.

Jack se removió incómodo.

–Lo siento mucho. Creo que Susie me la ha cogido. La escondí en mi cajón, pero esta mañana fui a buscarla y vi que había desaparecido. Ya sabéis que Susie a veces es terrible.

Susie era la hermana de Jack. Quería formar parte del club, pero Jack le había dicho y repetido que mientras fueran siete era imposible admitir a nadie más en el Club de los Siete Secretos.

–Es una pesada –dijo Peter–. Tienes que recuperar la insignia, sea como sea. Y no vuelvas a esconder la insignia en ninguna parte. Llévala siempre encima. Incluso para dormir. Te la clavas en el pijama. Así no habrá peligro de que te la birle.

–Así lo haré –respondió Jack.

Jack miró si alguno más no la llevaba. Pero todos llevaban la chapa en la que destacaban las letras C. S. S. Estaba furioso con Susie.

–¿Alguno de vosotros tiene algo interesante que comunicar? –preguntó Peter repartiendo las siete galletas de jengibre. Después arrojó a *Scamper* su galleta, y el perro la cazó al vuelo.

Nadie tenía nada que comunicar. Bárbara dijo a Peter:

—Esta es la cuarta semana que no pasa nada y nadie tiene nada que decir. Qué aburrido... Lo bueno de un club secreto es hacer cosas, solucionar problemas, correr aventuras... Si no, no sirve para nada.

—¡Pues piensa en algo!... —replicó Peter—. ¿Crees que los misterios y las aventuras brotan de los árboles?

Janet repartió la limonada.

—A mí también me gustaría que pasara algo emocionante —dijo—. ¿No podríamos inventar alguna aventura, solo para divertirnos?

—¿Qué quieres decir? —preguntó Colin—. ¡Uf, qué ácida está esta limonada!

—Te echaré un poco más de miel —dijo Janet—: Bueno, lo que quiero decir es que podríamos disfrazarnos de pieles rojas o de otra cosa y jugar a seguir a alguien sin que se dé cuenta. A mí me parece que sería divertido. Peter y yo tenemos unos trajes de pieles rojas muy bonitos.

Estuvieron un buen rato hablando de eso, y descubrieron que entre todos podían reunir seis disfraces de indios. Por lo tanto, solo faltaba uno.

—¿Sabéis lo que podemos hacer? —dijo Jorge—. Disfrazarnos e irnos al Bosquecillo. Una vez allí, nos dividiremos en dos bandos y, partiendo cada uno de un extremo, intentaremos capturar a Colin, que no irá disfrazado. Será divertido.

—No me hace ninguna gracia que me persigáis todos y os echéis todos encima de mí —dijo Colin.

—¡Pero si solo es un juego! —exclamó Janet—. ¡Anda, no seas bobo!

—¡Shhh! —advirtió Peter—. Alguien se acerca.

Sí, alguien se acercaba: se oían pasos en el sendero que conducía al cobertizo. Después sonaron dos golpes en la puerta tan fuertes que todos se sobresaltaron.

–¡Contraseña! –gritó Peter, sin pensar que los siete miembros del club ya estaban dentro.

–«Conejos» –respondió una voz.

–¡Es Susie! –exclamó Jack indignado.

Corrió a abrir la puerta y vio que, en efecto, allí estaba su terrible hermanita, ¡y además con la insignia del club!

–¡Ya soy del club! –gritó Susie–. Conozco la contraseña y llevo la insignia.

Todos la miraron enfadados. La niña les sacó la lengua y se fue corriendo. Jack estaba rojo de furia.

–Ya la pillaré –dijo–. Voy a darle una lección. Pero antes tenemos que pensar una nueva contraseña.

–La contraseña podría ser «Indios» –dijo Peter–. ¡Nos encontraremos aquí mismo a las dos y media de esta tarde!

CAPÍTULO DOS

PIELES ROJAS

A LAS dos y media llegaron los Siete. Jack fue el primero en llegar, luciendo de nuevo su insignia. Había perseguido a Susie y se la había cogido.

—¡Volveré a llamar a vuestra puerta y a decir la contraseña! —había amenazado Susie.

—¡Te quedarás con las ganas, porque ya tenemos una nueva!

Los que iban llegando decían la nueva contraseña en voz muy baja, por si estuviera cerca la pesada de Susie.

—«Indios».

—«Indios».

La nueva contraseña se susurró una y otra vez hasta que estuvieron los siete. Todos habían traído

sus disfraces de piel roja y empezaron a ponérselos. Todos excepto Colin, que no tenía.

—¡En marcha hacia el Bosquecillo! —ordenó Peter, blandiendo un hacha de apariencia terrorífica. Afortunadamente, solo era de madera—. Jack y Janet irán conmigo; y con Jorge irán Pamela y Bárbara. Y se trata de perseguir y capturar a Colin.

—Pero nada de atarme a un árbol ni de tirarme flechas —advirtió Colin firmemente—. Eso es divertido para vosotros, pero para mí no, ¿de acuerdo?

Todos se pintaron la cara con dibujos raros. Jack llevaba un cuchillo de goma y hacía ver que se lo clavaba a *Scamper*. Parecían una banda de indios salvajes de los de verdad.

Emprendieron la marcha hacia el Bosquecillo, que estaba a unos ochocientos metros de distancia, al lado de Milton Manor, una gran mansión rodeada de un muro muy alto.

—Ahora nos dividiremos —dijo Peter—. Nosotros tres iremos por este lado y vosotros hacia el otro.

Colin quedará en medio y se esconderá. Nosotros contaremos hasta cien con los ojos cerrados y en seguida empezaremos a buscar las huellas de Colin para capturarlo.

–Pero si yo veo a alguien y grito su nombre –dijo Colin–, quedará fuera de juego.

–Y si alguno de nosotros consigue llegar hasta ti sin que tú lo veas y tocarte, serás su prisionero –advirtió Peter–. ¡El Bosquecillo es ideal para este tipo de juegos!

Peter tenía razón. Era una mezcla de árboles, brezales y arbustos. Matas espesas de brezo, manchas de hierba tiesa como el alambre, y árboles grandes y pequeños. Había muchos lugares para esconderse y se podía perseguir a una persona por todo el bosque sin ser visto, si uno se arrastraba con cautela.

Se separaron los dos grupos y cada uno se dirigió a un extremo del Bosquecillo. Por un lado, el bosque estaba limitado por una empalizada; por el otro, se alzaba el muro de Milton Manor. ¡Si Colin lograba salir de allí sin ser capturado, es que era muy listo!

Colin se situó en el centro y esperó a que sus amigos empezaran a contar hasta cien con los ojos cerrados. Tan pronto como Peter agitó su pañuelo, que era la señal convenida para indicarle que empezaba a contar, Colin corrió a un árbol. Subió por el tronco en un abrir y cerrar de ojos y se sentó a horcajadas en una gruesa rama. Y sonrió satisfecho.

«¡Pueden buscarme cuanto quieran. Aunque recorran el bosque de un extremo a otro, no me encontrarán; y cuando todos estén cansados de buscar y se rindan, yo bajaré y me presentaré tranquilamente!».

La cuenta atrás terminó y seis pieles rojas se desplegaron y empezaron a rastrear silenciosamente a través de la espesura. Colin podía seguir las idas y venidas de sus perseguidores por los movimientos de las matas. Escudriñaba a través del ramaje del árbol, conteniendo la risa. Se estaba divirtiendo mucho.

Y entonces algo muy sorprendente le llamó la atención. Sobre el alto muro que rodeaba Milton Manor vio a un hombre sentado a horcajadas, que saltó al suelo y desapareció. Colin oyó cómo crujía la maleza. Luego, todo quedó en silencio. Colin no volvió a ver al hombre. ¿Qué habría hecho para saltar el muro de aquel modo?

Colin estaba desconcertado. No sabía qué hacer. No era cosa de llamar a voces a sus amigos. En esto observó que Peter, o tal vez otro, se acercaba al lugar donde el hombre había saltado al suelo.

Sí, era Peter. Le había parecido oír algo cerca de donde estaba y había creído que era Colin que huía entre la maleza. Así que se dispuso a abrirse paso hacia aquel lado.

«No cabe duda: alguien se ha escondido tras aquel arbusto», pensó Peter. Era una enorme retama en plena floración. Seguro de que iba a encontrar a Colin, el piel roja se echó de bruces en el suelo y avanzó a rastras, apoyándose en los codos. Cuando llegó a la retama, apartó las ramas y miró con sorpresa al hombre que estaba allí. ¡No era Colin!

El hombre lo miró aterrorizado. De pronto, había visto una horrible cara pintada que le miraba a través de las ramas del arbusto y un hacha que le amenazaba, porque creyó que era de verdad. Ni remotamente pensó que el arma podía ser de madera.

Dio un salto y huyó. Peter se quedó tan pasmado, que ni siquiera se le ocurrió perseguirle.

CAPÍTULO TRES

COLIN PASA UN MAL RATO

EL TIEMPO que Peter tardó en reaccionar y levantarse para ver adónde iba aquel hombre, lo aprovechó él para desaparecer de su vista sin dejar rastro.

–¡Qué tonto soy! –refunfuñó Peter consigo mismo–. Soy un piel roja de pacotilla. En vez de atrapar a ese tipo, lo dejo desaparecer en mis propias narices. ¿Dónde demonio se habrá metido?

Empezó a buscar por los alrededores. Los demás al verlo levantado, comprendieron que pasaba algo y lo llamaron.

–¿Qué pasa, Peter? ¿Por qué estás al descubierto?

–Es que había un hombre escondido detrás de los arbustos –respondió Peter–. Y me preguntaba por qué se escondía. Pero ha salido disparado. ¿Alguno lo ha visto?

Ninguno había visto nada. El grupo se reunió alrededor de Peter, intrigados.

—Increíble —exclamó Pamela—. Todos escondidos y vigilando por el Bosquecillo, y nadie ha visto al hombre que huía. ¡Ni siquiera hemos visto a Colin!

—El juego ha terminado por hoy —dijo Peter. No quería que nadie se topara con el hombre misterioso. Quería ahorrarles este susto—. Llamemos a Colin.

Todos empezaron a dar voces.

—¡Colin! ¡Ya puedes salir! ¡El juego ha terminado!

Esperaban verle aparecer de pronto ante ellos entre la vegetación. Pero nada. Ni siquiera contestó a las llamadas. Colin no apareció.

—¡Colin! —volvieron a gritar—. ¡Sal! ¡Te estamos esperando!

Pero no salió ni respondió. Era muy extraño.

—¡Ya vale, Colin! —gritó Jorge—. ¡El juego ha terminado! ¿Dónde estás?

Pero Colin estaba quieto y callado en el mismo lugar de antes. Pero ¿por qué no respondía? ¿Por qué no bajaba del árbol, satisfecho de que no lo hubieran atrapado?

Colin tenía una buena razón para no dar señales de vida, y estaba muerto de miedo. Después de la impresión que había recibido al ver al hombre saltar desde lo alto del muro, le había ocurrido algo mucho peor: el desconocido, al huir de Peter, se había detenido precisamente al pie del árbol donde él estaba.

Y después había empezado a trepar por el tronco. ¡Madre mía, el hombre había escogido para esconderse precisamente el árbol en que estaba él!

El corazón de Colin latía con fuerza. La cosa se ponía fea. ¿Qué diría el hombre al encontrarse con él? Colin estaba seguro de que se enfadaría.

El desconocido llegó a la copa, y cuando ya iba a subir a la rama en que estaba Colin, se detuvo: aquella rama podía sostener el peso de un niño, pero no el de una persona mayor. El hombre se quedó en una rama más gruesa que estaba exactamente debajo de la que ocupaba Colin. Jadeaba, pero se esforzaba por no hacer ruido para que no le oyese el piel roja, al que veía demasiado cerca.

Colin estaba petrificado. También él contenía la respiración hasta ahogarse. ¿Quién sería aquel hombre? ¿Por qué se escondía? Seguramente no habría ido si hubiera sabido que los Siete Secretos estaban allí jugando a pieles rojas. ¡Qué cerca lo tenía! Si aquel hombre levantaba la vista, lo descubriría. Qué situación más desagradable.

Entonces Colin oyó las llamadas de los otros.

—¡Colin! ¡Ya puedes salir! ¡El juego ha terminado!

Pero el pobre Colin no se atrevía a bajar del árbol, y menos aún a responder a las llamadas. Apenas se atrevía a respirar, y se estremecía ante la idea de que le entraran ganas de estornudar o de toser. Estaba quieto y mudo como una estatua, esperando a ver qué pasaba.

El hombre también estaba quieto, mientras observaba a través del ramaje los movimientos de los seis niños que iban y venían por debajo del árbol. Colin lamentó que no hubieran traído a *Scamper*. Él habría husmeado el rastro del hombre hasta el árbol.

Pero habían dejado a *Scamper* en casa porque se emocionaba demasiado cuando los veía jugar a indios, y descubría el escondite de todos con sus ladridos.

Cansados de llamar y buscar a Colin sin resultado, decidieron volver a casa.

–Debe de haberse marchado –dijo Peter–. Vayámonos nosotros también. Además, no me gustaría encontrarme a aquel hombre. Tenía muy mala pinta. Venga, vámonos.

Colin los siguió con la mirada, lleno de angustia, mientras salían del bosque y se alejaban a campo traviesa. También el hombre los vio, pero él lanzó un gruñido y se deslizó tronco abajo.

Colin solo había podido verle la cabeza y las orejas, y ni siquiera cuando bajó del árbol y se marchó a través de la espesura pudo ver sus facciones. Colin se dijo que aquel hombre era más piel roja que ninguno de los Siete Secretos, puesto que ninguno había logrado descubrirle.

¿Tenía ya libre el camino de vuelta? ¡No iba a pasar la noche subido a aquel árbol!

CAPÍTULO CUATRO

¿ES UNA AVENTURA?

COLIN BAJÓ del árbol, y una vez abajo, miró prudente-
mente a su alrededor. No se veía a nadie. El hombre
se había esfumado.

«Correré a toda mecha y espero que no me pase
nada», pensó Colin.

Echó a correr. Nadie se interpuso en su camino;
nadie le llamó. Se sintió un tanto avergonzado al llegar al campo abierto y ver que unas pacíficas vacas le
miraban con asombro.

Ya más tranquilo, continuó la marcha hacia la
granja donde vivían Peter y Janet. Tenía la esperanza de que todavía estuvieran todos en el cobertizo.
Seguramente se estaban quitando el disfraz y la pintura de la cara.

¿ES UNA AVENTURA?

La puerta estaba cerrada como de costumbre, ostentando las tres grandes letras C. S. S. pintadas de verde. Se oía rumor de voces en el interior.

Colin llamó a la puerta.

—¡Ya estoy aquí! —gritó—: ¡Abrid la puerta!

Los rumores cesaron pero la puerta no se abrió. Colin, impaciente, volvió a llamar.

—¡No gastéis bromas! ¡Ya sabéis que soy yo!

Pero la puerta no se abrió. Entonces Colin cayó en la cuenta de que tenía que decir la contraseña. Pero ¿cómo era? ¡No se acordaba! Afortunadamente, vio por la ventana unas plumas de piel roja.

—«¡Indios!» —gritó.

La puerta se abrió.

—¡Y ahora todo el mundo sabe nuestra contraseña! —dijo Peter, disgustado—. Tendremos que pensar otra. Pasa. ¿Dónde te habías metido? Te hemos llamado a voces en el Bosquecillo.

—Ya lo sé. Os oí perfectamente —dijo Colin—. Me sabe mal haber dado la contraseña gritando. Es que no me acordaba y me salió de golpe. Pero tengo algo importante que contaros.

—¿Qué es? —preguntaron todos, dejando de limpiarse la cara.

Colin empezó a explicar:

—¿Sabéis cuando Peter se ha puesto en pie y ha dicho que había visto un hombre que se escondía? Pues bien, yo estaba muy cerca de él. Es decir, yo estaba en la copa de un árbol.

—¡Eso es trampa! —dijo Jorge—. ¡Eso no se puede hacer cuando se juega a pieles rojas!

—¿Quién lo ha dicho? —exclamó Colin—. No creo que los pieles rojas tengan ninguna ley que les prohíba subirse a los árboles. Son tan buenos trepadores como rastreadores. En fin, lo importante es que yo estaba en la copa de un árbol. ¿Y podéis creer que el hombre que huía de Peter vino corriendo a mi árbol y trepó por él?

—¡Cielos! —exclamó Jorge—. ¿Y tú qué hiciste?

—Nada —dijo Colin—. Él no llegó hasta donde yo

estaba. Como no me vio, me quedé quieto y sin hacer ruido. En realidad yo lo había visto antes que Peter. Estaba sobre el muro de Milton Manor. Después saltó al suelo, corrió hacia el bosque y desapareció.

—¿Y qué ha pasado después? —preguntó Janet, emocionada.

—Cuando os habéis ido todos, el hombre ha bajado del árbol y ha desaparecido. Entonces, también yo he bajado y he venido hacia aquí. Os confieso que todavía no se me ha pasado el susto.

—¿Qué estaría haciendo, escondiéndose así? —dijo Jack—. ¿Qué aspecto tenía?

—¡Ojalá hubiese podido verle la cara! —respondió Colin—. Desde arriba solo le vi el pelo y las orejas. ¿Le viste tú de cerca, Peter?

—Sí, de bastante cerca. Pero su cara era muy normal, sin ningún rasgo especial. Iba afeitado, sin barba ni bigote, pelo oscuro... Pero nada fuera de lo normal.

—Seguramente no lo volveremos a ver —dijo Bárbara–. Esta aventura se nos ha escapado. No sabremos qué estaba haciendo ese hombre y por qué.

–Lo cierto es que nos ha echado a perder el juego –se lamentó Pamela–. Aunque no creo que hubiéramos encontrado a Colin, subido a la copa de un árbol. Tenemos que establecer la norma de que está prohibido subirse a los árboles cuando jugamos a perseguirnos.

–¿Cuándo será nuestra próxima reunión y cuál será la contraseña? –preguntó Janet.

–Nos reuniremos el miércoles por la tarde –respondió Peter–. Pero estad con los oídos y los ojos bien abiertos a cualquier cosa misteriosa, como siempre, que no se nos vaya a escapar alguna aventura. Es una pena que no hayamos podido capturar a ese hombre o, al menos, averiguar algo de él. Estoy seguro de que no hacía nada bueno.

–¿Y la contraseña? –preguntó Janet.

–«Aventura» –dijo Peter–, ¡porque se nos acaba de escapar una!

¿ES UNA AVENTURA?

Cada cual se fue a su casa, y excepto Colin, ninguno volvió a pensar en el extraño hombre del Bosquecillo. Pero la radio, esa misma noche, hizo que los Siete Secretos pensaran en él.

«El magnífico y valioso collar de perlas de la señora Lucy Thomas, ha sido robado de su dormitorio de Milton Manor –dijo el locutor–. Nadie ha visto ni oído al ladrón, que ha huido sin dejar rastro».

Peter y Janet saltaron en sus asientos.

–¡Es el hombre que vimos! –exclamó Peter–. ¡Seguro! ¡Hay que convocar una reunión urgente para mañana, Janet! ¡Aventura a la vista!

CAPÍTULO CINCO

UNA REUNIÓN IMPORTANTE

AQUELLA NOCHE fue muy emocionante para los Siete Secretos, porque Janet y Peter habían dejado en el buzón de cada miembro una nota que decía: «*Reunión a las ocho y media. ¡Importante! C. S. S.*».

Colin y Jorge no tenían ni idea de qué se trataba, porque no habían oído la radio. Pero los demás habían oído la noticia del robo del collar de la señora Lucy Thomas, y como sabían que esta vivía cerca del Bosquecillo, se imaginaron que el motivo de la reunión era buscar el ladrón.

A las ocho y media se reunieron. Janet y Peter estaban ya en el cobertizo. Empezaron a sonar las llamadas a la puerta.

—Contraseña —gritaba Peter con toda seriedad cada vez.

—«¡Aventura!» —iban contestando todos en voz baja—. «¡Aventura!», «¡Aventura!», «Aventura»...

Y todos entraron en el cobertizo.

—¿Dónde está la pesada de tu hermana, Jack? —preguntó Peter—. Supongo que no estará rondando por aquí. Nuestra reunión de hoy es realmente importante. ¿Traes la insignia?

—Sí —respondió Jack—. Susie ha estado fuera todo el día. Además, no sabe la última contraseña.

—¿Cuál es el motivo de esta reunión? —preguntó Colin—. La cara de Janet me dice que pasa algo. Parece a punto de reventar.

—Tú también te sentirás a punto de reventar cuando te enteres de qué va —respondió Janet—. Porque tendrás un papel importante. ¡Peter y tú sois los únicos que habéis visto al ladrón que estamos buscando!

Colin y Jorge se miraron desconcertados. No sabían de qué estaba hablando Janet. Peter lo explicó todo.

–¿Sabéis aquel hombre que Colin vio saltar ayer desde el muro de Milton Manor? ¿El mismo que yo vi después escondido en unos arbustos y que luego trepó al árbol en que estaba Colin? Pues bien; anoche dijeron por la radio que un ladrón había entrado en el dormitorio de la señora Lucy Thomas y había robado un magnífico collar de perlas.

–¡Caray! –exclamó Pamela, emocionada–. ¡Seguro que era el hombre que visteis Colin y tú!

–Sí –dijo Peter–. Tiene que serlo. Y ahora, ¿qué hacemos? Esto es una aventura. Si conseguimos encontrar al ladrón, o, por lo menos, encontrar el collar, los Siete Secretos se apuntarían un gran éxito.

Hubo un largo silencio. Durante unos minutos, todos estuvieron enfrascados en sus meditaciones.

–Pero ¿cómo podemos buscarle –preguntó Bárbara–, si Colin y tú sois los únicos que lo habéis visto, y solo un momento?

UNA REUNIÓN IMPORTANTE

—Y no olvidéis —dijo Colin— que yo solo pude verle la cabeza y las orejas desde arriba. No sé cómo se puede reconocer a una persona teniendo solo estos detalles. No puedo ir por la calle mirando a la gente desde arriba.

Janet se echó a reír.

—Tendrías que ir siempre cargado con una escalera —dijo, y todos se echaron a reír a carcajadas.

—¿No sería mejor contárselo a la policía? —preguntó Jorge.

—Me parece que sí —dijo Peter, después de considerarlo unos momentos—. No es que podamos aportar gran cosa, pero de todos modos, tenemos que hacerlo. Después, tal vez la policía nos permita ayudarla. Entre tanto, podemos seguir explorando y ver si descubrimos algo por nuestra cuenta.

—Vamos ahora mismo a la comisaría de policía —dijo Jorge—. Será emocionante. Qué sorpresa se llevará el inspector cuando nos vea entrar a los Siete al completo.

Salieron del cobertizo y se dirigieron a la comisaría. Cuando llegaron, subieron todos la escalera, ante el asombro del policía que estaba de guardia en la puerta.

–¿Podemos ver al inspector? –preguntó Peter–. Tenemos algo que decirle sobre el ladrón de Milton Manor.

El inspector había oído los pasos de los siete chicos y se había asomado a la puerta de su despacho.

–¡Hola, hola! –saludó satisfecho–. ¡Aquí tenemos a los Siete Secretos de nuevo! ¿Cuál es ahora la contraseña?

Naturalmente, nadie la reveló. Peter sonrió.

–Venimos a decirle que ayer vimos al ladrón saltar el muro de Milton Manor –dijo Peter–. Primero se ocultó tras unos arbustos y luego en la copa de un árbol, donde estaba escondido Colin. Pero no sabemos nada más.

El inspector anotó los detalles que le fueron dando y se mostró muy satisfecho.

–Lo que no comprendo –dijo– es cómo pudo subir aquel muro tan alto. Debe de trepar como un gato. Bien, Siete Secretos, me temo que no podéis hacer nada, excepto mantener los ojos bien abiertos por si volvéis a ver a ese hombre.

–Lo malo es –dijo Peter– que Colin solo vio la parte de arriba de su cabeza, y yo solo lo vi un momento, y su aspecto era de lo más normal. De todos modos ya sabe que haremos lo que podamos.

Bajaron corriendo la escalera y salieron a la calle.

–Ahora –propuso Peter– podemos ir al lugar donde Colin vio al ladrón saltando desde lo alto del muro. Tal vez encontremos algo. ¡Nunca se sabe!

CAPÍTULO SEIS

PRIMEROS HALLAZGOS IMPORTANTES

LOS SIETE se pusieron en camino hacia el lugar donde habían estado jugando a pieles rojas el día anterior.

–Ahora enséñanos el sitio exacto por donde saltó el hombre –dijo Peter a Colin.

Colin vaciló un momento, pero en seguida señaló un acebo.

–¿Veis aquel acebo? Pues el hombre estaba entre el acebo y el roble que hay a la derecha. Estoy seguro de que ese es el lugar exacto.

–¡Adelante, pues! –decidió Peter–. Vamos a verlo de cerca.

Los Siete Secretos, sintiendo que estaban cumpliendo una misión importante, se encaminaron al muro. Se detuvieron en el punto señalado por Colin, entre el roble y el acebo, y examinaron atentamente la pared, que tenía unos tres metros de altura. ¿Cómo era posible escalar un muro tan alto sin utilizar una escalera o una cuerda?

—¡Mirad! Aquí es donde vino a caer al saltar —dijo de repente Pamela, señalando dos profundas huellas que se veían cerca del acebo.

Todos miraron al suelo.

—Sí, esto lo hizo al saltar —dijo Jorge—. Lástima que estas huellas no nos aclaren nada. Si fuera la huella de un pie, nos podría servir como pista, pero al ser las de un gran salto, resultan dos hoyos deformes.

—Me gustaría que pudiéramos mirar al otro lado del muro —dijo Peter, de repente—. A lo mejor allí sí que hay huellas de pasos. Le preguntaremos al jardinero si nos deja entrar. Es amigo de nuestro vaquero, y me conoce.

—Buena idea —dijo Jorge.

Y todos se dirigieron a la entrada de la finca.

El jardinero estaba trabajando en la parte delantera del jardín, cerca de la gran verja de la entrada. Los niños le llamaron y él levantó la vista.

—¡Johns! —gritó Peter—. ¿Nos deja entrar a husmear un poco? Es por lo del ladrón, ¿sabe? Nosotros lo vimos saltar desde el muro y el inspector de policía nos ha dicho que tengamos los ojos muy abiertos. Por eso queremos echar un vistazo.

Johns asintió y abrió la verja.

—Bien. Yo os acompañaré. No entiendo cómo diablos pudo subir a este muro. Estuve toda la tarde trabajando en la parte delantera del jardín, y si hubiera entrado por la verja lo habría visto. O sea, que no entró por aquí.

Acompañados de Johns, los siete niños avanzaron a lo largo del muro hasta que Colin vio las ramas altas del pequeño roble y del acebo por encima de la pared, y se detuvieron.

—Trepó por aquí —dijo Colin—. Ahora miremos si hay huellas.

Había huellas, pero no de pies. Los Siete se agacharon para examinarlas.

—¡Qué raro! —exclamó Peter—. Son redondas y todas iguales. Tienen unos siete centímetros de diámetro. Es como si alguien hubiese golpeado el suelo con un grueso taco de madera, hundiéndolo en la tierra. ¿Qué será lo que ha dejado estas marcas, Johns?

—¡Caramba, no tengo ni idea! —exclamó Johns, también muy intrigado—. Tal vez la policía pueda averiguar algo ahora que se sabe el punto exacto por donde el ladrón saltó el muro.

Volvieron a examinar las extrañas marcas redondas y regulares. Aquello no tenía explicación. A todos les parecía que alguien había golpeado el suelo con un taco de madera. Pero ¿para qué? ¿Qué relación podía tener esto con el hecho de saltar el muro?

—Os puedo asegurar que no utilizó escalera —afirmó Johns—. Todas las tengo en el cobertizo. Nadie las ha tocado. Está cerrado y siempre llevo la llave encima. No comprendo cómo pudo saltar este muro tan alto.

—Debe de ser un acróbata. Seguro —dijo Janet, mirando hacia arriba. Y entonces vio algo—: ¡Mirad! ¿Qué es aquello que está prendido en un canto de ladrillo?... ¡Allí, a media altura! ¿Lo veis?

Todos miraron hacia donde Janet señalaba.

—Parece un trocito de lana —dijo Pamela—. Quizá el ladrón, al trepar, se enganchó la ropa en el canto del ladrillo y se hizo un desgarrón.

—Ayúdame a subir, Jorge —le pidió Peter—. Intentaré cogerlo. Puede ser un indicio importante.

Jorge lo levantó en vilo. Peter alargó el brazo cuanto pudo y cogió el pequeño jirón de lana. Jorge volvió a dejar a Peter en el suelo. Todos se apiñaron a su alrededor para ver qué era: un trocito de lana normal y corriente, de color azul con una mezcla de rojo. Todos lo miraron con grave semblante.

—Seguro que es del jersey del ladrón —opinó Janet–. Podríamos ir mirando si descubrimos a alguien con un jersey azul con algo de rojo.

Y entonces encontraron otra cosa. Una cosa que podía ser mucho más importante.

CAPÍTULO SIETE

SCAMPER ENCUENTRA UNA PISTA

REALMENTE FUE *Scamper*, el perro *spaniel*, el que encontró la pista más importante. Como de costumbre, acompañaba a los niños, husmeando ávidamente por todos lados, y muy interesado por aquellas extrañas huellas circulares. De pronto, empezó a ladrar con todas sus fuerzas.

Todos le miraron.

–¿Qué pasa, *Scamper*? –le preguntó Peter.

El perro siguió ladrando. Los siete niños, un tanto atemorizados, miraron a su alrededor. ¿Estaría escondido el ladrón entre los arbustos? ¿Por qué ladraba *Scamper*?

Y mientras ladraba, el perro miraba hacia arriba.

–¡Calla! –gritó Peter, nervioso–. ¿Por qué ladras así, *Scamper*? ¡Cállate!

SCAMPER ENCUENTRA UNA PISTA

Scamper se calló, pero dirigió a su amo una mirada de reproche y, acto seguido, alzó de nuevo los ojos. Volvió a ladrar.

Todos levantaron la cabeza preguntándose a quién o a qué ladraría *Scamper*. Y entonces vieron una gorra colgada de una rama.

–¡Mirad! ¡Una gorra! –exclamó Peter–. ¿Será del ladrón?

–Tal vez –respondió Janet–. Pero ¿por qué la habrá dejado ahí? No creo que los ladrones tengan la costumbre de colgar sus gorras en las ramas de los árboles.

La gorra estaba demasiado alta para que pudieran alcanzarla los niños. Johns dijo que iba en busca de una caña para intentar hacerla caer, y se marchó.

–Esa gorra está ahí porque la han tirado –dijo Jorge–. De eso no cabe duda. Por lo tanto, no debe de ser del ladrón. Sería absurdo suponer que dejó a sabiendas y en sitio tan visible una cosa que puede facilitar una pista.

–Sí. Tienes razón –admitió Peter–. No puede ser de ningún modo la gorra del ladrón. Algún vagabundo debió de lanzarla desde fuera, quién sabe cuándo.

Johns reapareció con una caña muy larga. Descolgó la gorra, la hizo caer y *Scamper* la pilló al vuelo.

–¡Deja eso, *Scamper*! –le ordenó Peter–. ¡Suelta esa gorra en seguida!

Scamper obedeció contrariado. ¿Acaso no la había descubierto él? ¡Pues tenía derecho a cogerla!

Los Siete miraron la gorra. Se veía vieja y sucia. Era de tela escocesa y sus colores debieron de ser muy vivos en sus buenos tiempos. Ahora estaba tan sucia que apenas se veía el dibujo.

–¡Uf! ¡Qué gorra más pringosa! –exclamó Janet, con un gesto de asco–. Algún vagabundo, cansado de llevarla, la tiró por encima del muro para deshacerse de ella, y quedó colgada de la rama. Estoy segura de que esto no es ninguna pista.

–Tienes razón –dijo Colin, dando vueltas a la gorra entre sus manos–. Ya podemos tirarla. No nos sirve de nada. ¡Mala suerte, *Scamper*! ¡Tú que creías haber encontrado una pista estupenda!

Y fue a lanzar la gorra por encima del muro. Pero Peter se lo impidió.

–¡No, no la tires! Es mejor que la guardemos. Nunca se sabe. Tal vez resulta que al final sí que es una prueba, aunque de momento no lo parezca.

–Ya te la puedes quedar, esta piltrafa maloliente –dijo Colin–. No me extraña que su dueño la tirase. ¡Huele que apesta...!

Peter se la metió en un bolsillo. Luego alisó el trocito de lana y lo colocó cuidadosamente entre las páginas de su bloc de notas. Después examinó una vez más las extrañas marcas circulares.

Creo que nos convendría tomar nota de esto, también –dijo–. ¿Tienes algo para saber la medida, Janet?

Janet no llevaba encima nada para medir. Pero Jorge tenía un cordel. Lo puso sobre una marca y lo cortó a su medida exacta.

—Este es el diámetro de las marcas —dijo, y le dio el trocito de cordel a Peter.

Peter lo guardó también entre las páginas de su bloc de notas.

—Estoy seguro de que estas marcas son alguna pista —dijo Peter—, pero no sé cuál, ni acierto a comprender con qué se han hecho.

Se despidieron de Johns y emprendieron el camino de regreso a casa a través del campo. Ninguno se veía capaz de deducir nada a partir de las pistas que habían logrado reunir. Pero Peter tenía la esperanza de que pudieran seguir con la aventura, a pesar de todo.

—Sigo creyendo que solo un acróbata pudo saltar un muro tan alto —afirmó Janet—. No me cabe en la cabeza que una persona normal pueda hacerlo.

En el preciso instante en que decía esto, salieron al camino. Frente a ellos, pegado en una pared, vieron un cartel. Lo miraron con indiferencia. Y de repente, Colin profirió un grito que hizo dar un salto a todos.

–¡Mirad! ¡Es un cartel de un circo! Y mirad lo que dice: «Domadores de leones, intrépidas amazonas, osos amaestrados, payasos... ¡y acróbatas!». ¡Acróbatas! –exclamó Colin–. Supongamos... solo supongamos...

Se miraron unos a otros emocionados. Janet podía tener razón. ¡Tenían que verlo en seguida!

CAPÍTULO OCHO

UNA VISITA AL CIRCO

PETER CONSULTÓ su reloj.

–¡Vaya! –dijo consternado–. Ya es la hora de comer. Tenemos que volver a casa corriendo. Volveremos a encontrarnos a las dos y media.

–Pamela y yo no podemos venir –dijo Bárbara–. Tenemos que ir a una fiesta.

–No os reunáis sin nosotros –suplicó Pamela.

–Yo tampoco puedo venir –dijo Jorge–. Será mejor que lo dejemos para mañana. De todas maneras, si el ladrón es uno de los acróbatas del circo, no se irá del pueblo esta tarde. Se quedará mientras se quede el circo.

–Además, es solo una posibilidad –advirtió Janet–. Yo solo he dicho que había que ser un acróbata

44

para saltar el muro de Milton Manor, pero no tiene que ser un acróbata de verdad.

–De todas maneras, el asunto merece un estudio a fondo –dijo Peter–. En fin, nos reuniremos mañana a las nueve y media. Y mientras, id pensando sobre el asunto, a ver si a alguien se le ocurre un plan. Estoy seguro de que se nos ocurrirá algo.

Todos se pasaron el día pensando sobre ello. Incluso Pamela y Bárbara hablaron de ello en voz baja durante la fiesta.

–Yo propongo ir al circo –dijo Pamela–. ¿No te parece que es una buena idea? Así, Peter tendrá ocasión de reconocer entre los acróbatas al ladrón que vio escondido tras un arbusto.

Al día siguiente, cuando se reunió el club en pleno, todos sus miembros expusieron la misma idea.

–Tendríamos que ir al circo –dijo Jorge.

–Eso mismo pensamos Pamela y yo –dijo Bárbara.

–Y yo –manifestó Colin–. Además, es lo único que podemos hacer. ¿No te parece, Peter?

—Sí. Hoy se inaugura el circo; Janet y yo hemos leído en el periódico que hoy empiezan las funciones —dijo Peter—. ¿Qué os parece si vamos todos juntos? No sé si podré reconocer al ladrón entre los acróbatas, porque solo lo vi un momento; pero vale la pena intentarlo.

—Tú dijiste que era moreno y que iba afeitado —dijo Colin—, y yo vi que, efectivamente, su pelo era negro. También advertí que tenía una pequeña calva en el centro de la cabeza. Pero no creo que sea fácil identificarlo con solo estos datos.

—¿Alguien lleva dinero? —preguntó Pamela—. Para las entradas, quiero decir... Yo no tengo nada: ayer me gasté todos mis ahorros en un regalo para la fiesta.

Todos vaciaron sus bolsillos, reunieron el dinero y lo contaron.

—Las entradas son caras —refunfuñó Peter—. Se creen que somos una fábrica de hacer dinero. Con todo lo que hemos reunido, solo tenemos para cuatro entradas.

—A mí me quedan unas monedas en la hucha —dijo Janet.

—Y yo tengo algunas en casa —dijo Colin—. ¿Quién puede traer algo más?

—Yo —afirmó Jack—. Lo pediré prestado a mi hermana Susie.

—De acuerdo, pero no le des la contraseña a cambio —dijo Colin.

Jack le contestó con un puntapié, acompañado de un resoplido.

—¡Estupendo! —exclamó Peter—. ¡Ya podemos ir todos! Nos encontraremos a la puerta del circo diez minutos antes de que empiece la función. ¡Que todo el mundo sea puntual! Y si veis a un hombre con un jersey azul con algo de rojo, observadle con atención, pues es casi seguro que el ladrón que buscamos lleva un jersey así.

Todos fueron puntuales. Una vez reunido el dinero para las siete entradas, las sacaron en la taquilla, muy emocionados. Ir al circo siempre es divertido; pero ¡ir al circo para tratar de descubrir a un ladrón resultaba mucho más emocionante!

Los niños ocuparon sus asientos y mirando fijamente la pista cubierta de serrín en el centro de la gran carpa. La banda estalló en una alegre tonada y el bombo empezó a atronar. Los Siete apenas se atrevían a respirar.

Primero salieron los caballos, con paso majestuoso y balanceando sus plumeros. Luego aparecieron los payasos, vociferando y haciendo cabriolas. Siguieron los osos amaestrados. Entraron todos los artistas, desfilando ante el público, sonriendo y saludando. Los Siete buscaban a los acróbatas con la mirada. Pero iban mezclados con los otros artistas: payasos, ilusionistas, zancudos, ciclistas, malabaristas. Era imposible saber quiénes eran los acróbatas.

–Según el programa –dijo Peter–, hacen el tercer número. Primero vienen los caballos, después los payasos y después los acróbatas.

Así que tuvieron que esperar y aplaudieron las

danzas y evoluciones de los caballos, y rieron las tonterías de los payasos, tanto que les dolía la tripa.

—¡Ahora salen los acróbatas! —dijo Peter, emocionado—. ¡Vigila, Colin, vigila!

CAPÍTULO NUEVE

UN BUEN PLAN Y UNA DECEPCIÓN

AL FIN, salieron los acróbatas, haciendo la rueda y dando grandes saltos. Uno de ellos contorsionaba el cuerpo hacia atrás y hacía pasar la cabeza entre las piernas. Se veía realmente extraño.

Peter dio un codazo a Colin.

–¡Colin! Fíjate en el que tiene la cabeza entre las piernas. Es moreno y no lleva barba ni bigote, como el hombre que vi escondido en el arbusto.

–Sí –convino Colin–; podría ser él. Todos los demás llevan bigote. Observemos si es capaz de saltar un muro muy alto.

Los Siete Secretos concentraron su atención en aquel acróbata. Los otros llevaban bigote, y los descartaron. El que habían visto tenía el pelo negro y no llevaba bigote.

¿Sería tan buen saltador como el que buscaban? ¿Se presentaría la ocasión de ver que podía subir un muro muy alto?

Todos le observaban con gran atención. Aquel acróbata era, indudablemente, el más hábil de todos. Ligero como una pluma, cuando saltaba de un lado al otro de la pista parecía no tocar de pies en el suelo.

También demostró ser un magnífico equilibrista andando sobre la cuerda. Luego subió por una escala hasta el techo del circo, ¡y con qué ligereza! Los niños se miraron entre sí. No cabía duda: el hombre que trepaba como si volase, sin tocar apenas los peldaños, podía escalar perfectamente un muro de tres metros de altura.

–Estoy segura de que es el ladrón –dijo Janet al oído de Peter.

Este hizo un gesto de asentimiento. También él estaba seguro. Tanto, que se entregó por entero a la

contemplación del espectáculo, sin pensar en seguir buscando al ladrón, ya que daba por descontado que lo habían encontrado.

Era un circo muy bueno. Salieron los osos amaestrados, que boxeaban unos con otros y con su domador, y parecía que se estaban divirtiendo de lo lindo. Había un osezno que, al parecer, quería mucho al domador, pues se había abrazado a una de sus piernas y no lo soltaba.

De buena gana se habría llevado Janet a casa aquel osito para jugar con él.

—Parece un oso de peluche –dijo a Pamela, quien asintió con la cabeza.

Después volvieron a salir los payasos. Y con ellos salieron los dos que iban con zancos. Estos tenían un aspecto ridículo: llevaban unas largas faldas que cubrían enteramente sus zancos, de modo que parecían dos mujeres desmesuradamente altas y larguiruchas. Los payasos no cesaban de mortificarlos con sus burlas y sus tentativas de hacerlos caer.

Tras este número, llegó el turno a las fieras. Sacaron grandes jaulas a la pista y todo el circo se llenó de rugidos de león. Janet se estremeció.

—Estas cosas no me gustan —dijo—. Los leones no sirven para actuar. ¡Mira aquel! No quiere subir al taburete. Es capaz de saltar sobre el domador.

Pero no saltó, claro. Tenía bien aprendido su papel y lo desempeñó con tanta dignidad como los demás leones. Luego las fieras se fueron como habían venido: rugiendo.

Finalmente, salió un enorme elefante que jugó al criquet con su domador. ¡Realmente disfrutaba! Y cuando empezó a lanzar pelotas al público para que se las devolvieran, la gente aplaudió con entusiasmo.

Los Siete se divirtieron mucho y sintieron de veras que se acabara el espectáculo.

—Si siempre pudiéramos ir a buscar ladrones a los circos, sería muy divertido —dijo Janet—. ¿Verdad, Peter, que ese acróbata moreno tiene que ser el ladrón? Es el único que se parece al hombre que tú viste.

—Sí, todos los demás llevan bigote —respondió Peter—. No sé qué podemos hacer ahora. Podríamos ir a hablar con él. Quizá se le escape algo que pueda darnos una pista.

—Pero ¿con qué excusa podemos ir a verle? —preguntó Jorge.

—Pues... Le pediremos un autógrafo —dijo Peter—. A él le parecerá muy natural.

Sus compañeros lo miraron con admiración. ¡Era una idea genial! A ninguno de ellos se le habría ocurrido tan buena idea.

—Mirad —susurró Bárbara—. ¿No es aquel que está hablando con el domador de osos? Sí que lo es. Peter, ¿se parece a tu ladrón ahora que puedes verlo de cerca?

Peter asintió:

—Sí, se parece. Vamos a pedirle el autógrafo. Estemos todos muy atentos.

Y se fueron hacia el acróbata, que los miró sorprendido.

–¿Qué queréis? –preguntó el acróbata con una sonrisa–. ¿Queréis que os enseñe a andar por la cuerda?

–No. Venimos a pedirle un autógrafo –respondió Peter.

Peter miraba al acróbata, que ahora le parecía mucho mayor que en la pista. El acróbata se echó a reír, y se enjugó la frente con un gran pañuelo rojo.

–¡Hacía tanto calor en la carpa! –dijo–. Os daré un autógrafo, pero antes dejad que me quite la peluca, que me calienta mucho la cabeza.

Y, ante el estupor de los chicos, se llevó la mano a la negra cabellera y se la arrancó. Obviamente era una peluca. ¡El acróbata era calvo! ¡Qué decepción!

CAPÍTULO DIEZ

TRÍNCOLO, EL ACRÓBATA

LOS SIETE lo contemplaron consternados. Tenía la cabeza completamente calva. Solo en la coronilla tenía cuatro pelos grises. Colin había visto perfectamente la cabeza del ladrón cuando estaba en el árbol, y estaba seguro de que tenía el pelo negro con la coronilla más o menos calva.

Colin cogió la peluca y la examinó, diciéndose que quizás el ladrón la llevase puesta cuando cometió el robo. Pero no tenía la coronilla calva. Era una peluca negra y espesa que no presentaba ningún claro.

—Por lo visto, te interesa mucho mi peluca —dijo riendo el acróbata—. Un acróbata no puede ser calvo. Tenemos que parecer jóvenes. Ahora os daré un autógrafo a cada uno y luego os tendréis que ir.

—Muchas gracias —dijo Peter, entregando al hombre un papel y un bolígrafo.

En este momento se acercó a ellos el osezno, con su andar patoso y lanzando gruñidos.

—¡Oh, mirad! —exclamó Janet fascinada—. ¿Creéis que se acercará?. ¡Ven, osito, ven!

El animalito se levantó sobre sus patas traseras y restregó su cuerpo contra las piernas de Janet. La niña le rodeó con sus brazos e intentó levantarlo hasta su pecho; pero el osito pesaba demasiado para sus escasas fuerzas. En esto llegó un joven de aspecto extraño y aire antipático, que cogió al animalito por la piel del cuello.

—¡Ven aquí, mal bicho!

El osito empezó a gemir.

—¡No le pegue! —suplicó Janet, apenada—. ¡Parece muy cariñoso! Solo ha venido a vernos.

El joven vestía del modo más estrambótico. Llevaba una blusa de mujer con botones dorados, un sombrero adornado con flores y unos pantalones de franela llenos de mugre. Peter observó su rostro con viva curiosidad.

—¿Estaba en el circo? —preguntó cuando se hubo marchado—. Yo no lo recuerdo.

—Sí —respondió el acróbata mientras escribía los autógrafos—. Se llama Luis. Es uno de los zancudos y ayuda a los que cuidan a los animales. ¿Os gustaría ver los osos en su jaula? Son muy mansos. Y el viejo *Jumbo*, el elefante, se comerá muy a gusto un par de panecillos si se los traéis. Es cariñoso como un perro.

—¡Claro, nos gustaría mucho! —exclamó Janet, pensando que así podría hacerse amiga del osezno—. ¿Podemos venir mañana?

—¡Muy bien! Venid por la mañana y preguntad por mí. Me llamo Tríncolo.

Los niños le dieron las gracias y se alejaron del lugar donde estaba montado el circo.

Hasta que estuvieron seguros de que no podían oírles los artistas, no despegaron los labios.

—Me alegro de que el ladrón no sea Tríncolo

–dijo Janet–. ¡Es tan simpático! Tiene una cara tan cómica. ¡Qué impresión, cuando se quitó la peluca!

–Sí –dijo Peter–. Me dejó pasmado. Yo creía estar viendo la cara del ladrón cuando miraba a Tríncolo. Me pareció que eran casi iguales, pero ahora veo que son muy diferentes. El hombre que estaba escondido en los arbustos era mucho más joven.

–No debemos fiarnos de las caras –dijo Colin–. Lo mejor es buscar a un hombre que lleve un jersey azul con algo rojo.

–Pero no podemos recorrer toda la región en busca de jerséis azules –dijo Pamela–. Sería una tontería.

–¿Tienes otra idea mejor? –preguntó Colin.

Pamela confesó que no la tenía. Y en el mismo caso estaban los demás.

–Estamos atascados –dijo Peter, con pesimismo–. Este misterio es muy traidor. Varias veces hemos creído encontrar algo, y ha resultado que no era nada.

–¿Volveremos mañana? –preguntó Pamela. Y añadió en seguida–: No para buscar al ladrón. Ahora ya sabemos que no puede ser ninguno de los acróbatas. Solo para ver a los animales.

–¡Cómo me gustaría volver a ver al osito! –exclamó Janet–. También me gustaría mucho ver de cerca al viejo *Jumbo*. Me encantan los elefantes.

–Pues yo creo que no iré –dijo Bárbara–. Los elefantes me dan un poco de miedo, tan grandes.

–Yo tampoco iré –dijo Jack–. ¿Y tú, Jorge? Recuerda que quedamos en intercambiar sellos.

–Es verdad –respondió Jorge–. Jack y yo no podemos ir. ¿Verdad que no te importa, Peter? Quiero decir que ver osos y elefantes no tiene nada que ver con el club.

–Bueno –respondió Peter–; entonces iremos solo Janet, Pamela, Colin y yo. Pero no olvidéis que buscamos un jersey azul con algo rojo. Nunca se sabe las cosas interesantes que se pueden ver si se tienen los ojos muy abiertos.

Peter no se equivocaba en esto. Pero estaba muy lejos de sospechar que, al visitar el circo al día siguiente, él y sus tres compañeros harían un descubrimiento importantísimo.

CAPÍTULO ONCE

EL DESCUBRIMIENTO DE PAM

A LA mañana siguiente, Janet, Peter, Colin y Pamela se dirigieron a la explanada donde estaba montado el circo. No llevaron a *Scamper*, porque temían que a *Jumbo* no le gustara que el perro rondara por sus patas.

Scamper se quedó muy enfadado. Los muchachos no cesaron de oír sus aullidos hasta que estuvieron muy lejos de la casa.

–¡Pobre *Scamper*! –se lamentó Janet–. ¡Me habría gustado traerlo! Pero habría sido capaz de meterse en la jaula de los leones o algo así. ¡Es tan curioso!

Pronto llegaron a la explanada. Allí estuvieron unos momentos observando a los artistas que ahora se hallaban entregados a la rutina de su vida diaria.

«¡Qué diferentes parecen vestidos de calle! –pensó Janet–. En la pista tenían un aspecto tan magnífico y deslumbrante».

Algunos habían hecho una hoguera y estaban cocinando algo. A juzgar por el olor, debía de ser exquisito. A Peter se le hizo la boca agua.

Pronto encontraron a Tríncolo, quien los recibió cordialmente y los guió en su visita a los animales del circo. Empezó por presentarles a *Jumbo*, quien saludó con la trompa a los niños. Luego apresó por la cintura a Janet y la levantó.

Janet lanzó un grito, sorprendida y entusiasmada al mismo tiempo.

Después fueron a ver al osito. Este se puso muy contento y sacó las patas entre los barrotes para tocarlos. Tríncolo abrió la jaula para que el animalito pudiera salir. El osezno salió con su patoso bamboleo y se abrazó a la pierna de Tríncolo mientras miraba con aire travieso a los niños, que contemplaban encantados su graciosa carita de cachorro.

–Si no pesara tanto, me gustaría poder comprarlo

—dijo Janet, que tenía la costumbre de levantar en brazos a los animales que le gustaban, ya que así podía acariciarlos mejor.

—¿Qué diría *Scamper* si nos lo lleváramos a casa? —preguntó Peter a su hermana.

Tríncolo los llevó también a ver a los leones. Allí estaba aquel joven antipático llamado Luis. Entre él y otro barrían la jaula. Luis refunfuñó al ver a los niños, y uno de los leones empezó a rugir.

Janet retrocedió.

—Tranquila —dijo el domador—. Son inofensivos, siempre que se les dé buena comida y no se los moleste. Pero no te acerques demasiado... Ven, Luis —añadió—, cambia el agua del abrevadero: está sucia.

Luis hizo lo que se le ordenaba. Los niños vieron cómo volcaba el recipiente para tirar los restos de agua sucia y cómo lo llenaba de agua limpia. No tenía ni pizca de miedo a los leones. A Janet no le era nada simpático aquel joven, pero no pudo menos de admirar su valentía.

EL DESCUBRIMIENTO DE PAM

No sin pena, los niños advirtieron que era ya hora de marcharse. Se despidieron de Tríncolo con palabras de agradecimiento, acariciaron una vez más al osito y fueron hacia donde estaba *Jumbo* y le dieron unas palmaditas en las patas. Después echaron a andar entre las caravanas de alegres colores en busca de la salida.

Algunos de los artistas habían lavado ropa y la habían tendido sobre la hierba. Otros habían instalado una cuerda y tenían la ropa ondeando al viento.

Los niños no perdían detalle de lo que veían a su alrededor. De repente, Pamela se detuvo con la mirada fija en algo que pendía de una cuerda. Cuando se volvió a mirar a sus compañeros, la vieron tan impresionada, que se agruparon en torno a ella.

–¿Qué te pasa? –preguntó Peter–. ¿Por qué te has puesto tan colorada?

–No nos mira nadie, ¿verdad? –susurró Pamela–.

Escucha, Peter: mira con disimulo estos calcetines que están colgados en la cuerda. ¿No te recuerdan nada?

Sus tres compañeros recorrieron con la mirada las prendas tendidas: grandes pañuelos, vestidos de niño, medias, calcetines... Ante la agitación de Pamela, Peter esperaba ver un jersey azul.

Pero allí no había ningún jersey. ¿Qué era lo que había llamado la atención de Pamela? Y entonces vio lo que era: unos calcetines de lana azul con una rayita roja. Peter se acordó entonces del trocito de lana que tenía guardado en su agenda. ¿Sería esta lana igual que la de aquellos calcetines?

Sacó su cuaderno de su bolsillo y comparó la hebra que tenía guardada con los calcetines. El azul era idéntico, y el rojo también.

—Mira —dijo Pamela—. Aquí hay un pequeño desgarrón. ¿Lo ves? Falta un poco de lana. Seguro que es la que tú tienes en la mano.

Peter estaba tan convencido de ello como Pamela.

De pronto, apareció una vieja que los ahuyentó con malos modos.

–¡No me toquéis la ropa! ¡Hala! ¡Largo de aquí!

Peter no se atrevió a preguntar de quién eran aquellos calcetines, pero estaba seguro de que si lograba averiguarlo, sabría quién era el ladrón.

CAPÍTULO DOCE

WILLIAM EL COJO

—¿NO HABÉIS oído? ¡Os he dicho que largo de aquí! —gritó la vieja, dando a Pamela un empujón.

Los chicos se apresuraron a alejarse.

Pamela dijo que aquella mujer parecía una verdadera bruja.

Se marcharon tan de prisa como les fue posible, en silencio y con los nervios en tensión. Apenas llegaron al camino, todos empezaron a hablar a la vez.

—No se nos ocurrió pensar en unos calcetines. Nuestra única idea era encontrar un jersey azul con rayas rojas.

—Pero son unos calcetines, seguro. Son de la misma lana que la que encontramos en el muro.

—¡Lástima que no nos hayamos atrevido a preguntar de quién eran!

—De haberlo hecho, ya sabríamos quién es el ladrón.

A toda prisa regresaron a la granja de Peter y se dirigieron al cobertizo. Allí les esperaban con impaciencia Jack, Bárbara y Jorge y no les dejaron hablar de los calcetines, porque ellos también tenían algo que contar:

—¿Os acordáis de aquellas marcas redondas que vimos cerca del muro? Pues hemos encontrado otras exactamente iguales

—¿Dónde? —preguntó Peter.

—En un barrizal que hay en las cercanías del viejo caserón Chimney Cottage —respondió Jack—. Jorge y yo las hemos descubierto, y hemos ido a buscar a Bárbara, y los tres hemos venido hacia aquí para contároslo. Y lo mejor de todo es que Bárbara sabe de qué son esas huellas.

—No lo diríais nunca —dijo Bárbara.

—¡Anda, di de qué son! —suplicó Janet, olvidándose de los calcetines.

—Pues bien, cuando he visto en el barrizal unas huellas iguales que las que vimos junto al muro, no se me ha ocurrido pensar de qué podían ser. Pero luego he recordado quién vive en Chimney Cottage, y entonces lo he entendido.

—Pero ¿de qué son? —preguntó Peter, impaciente.

—¿Sabéis quién vive en Chimney Cottage? ¿No lo sabéis? Pues yo os lo diré. Vive William el Cojo. Un tiburón le comió una pierna, y ahora lleva una de madera. Por eso, cuando anda sobre el barro, deja huellas redondas como las que vimos junto a la pared. Por lo tanto, no cabe duda de que William el Cojo es el ladrón.

Todos quedaron en silencio, reflexionando sobre lo que Bárbara acababa de explicarles. Peter movió la cabeza.

—No, no es posible que William el Cojo sea el ladrón. Un hombre que solo tiene una pierna no puede saltar un muro de tres metros de altura. Además, y sobre todo, nuestro ladrón llevaba, sin duda alguna, un par de calcetines, y esto requiere dos piernas.

–¿Cómo sabes que llevaba un par de calcetines? –preguntó Bárbara con un gesto de asombro.

Entonces Peter contó la historia de la ropa tendida en la explanada del circo. Bárbara quedó pensativa.

–Me habéis convencido –confesó–. En verdad, el ladrón tiene que tener dos piernas. Tal vez le ayudó a trepar por el muro. Las marcas son idénticas. En todo caso, ¿qué hacía allí?

–Eso es lo que tenemos que averiguar –dijo Peter, levantándose–. Vamos a hacer unas cuantas preguntas a ese hombre y a examinar detenidamente las huellas. Nunca habría pensado en una pierna de madera.

Todos se encaminaron a Chimney Cottage. Junto a la finca había un barrizal, y en él, numerosas huellas idénticas a las que habían visto en Milton Manor. Peter se agachó para examinarlas. De su agenda sacó el trocito de cordel cortado por Jorge sobre las huellas de Milton Manor y, después de aplicarlo a los hoyos redondos que ahora examinaba, levantó la cabeza, sorprendido.

–No, no son las mismas marcas: estas son casi dos centímetros más pequeñas. Mirad.

Puso el trocito de cordel sobre una de las huellas, y todos pudieron ver que sobresalía por los bordes.

–¡Qué raro! –dijo Jorge–. Pero si no son de William, pueden ser de otro cojo. ¿Hay más cojos en el pueblo? Necesitamos encontrar uno cuya pierna de madera sea mucho más gruesa.

Todos hicieron esfuerzos por recordar y resultó que ninguno sabía que en el pueblo hubiera otro cojo con pierna de madera. Era desesperante.

–¡Mira que es mala suerte! –exclamó Peter–. Cuando parece que tenemos una pista, todo se nos viene abajo. Estamos convencidos de que un hombre que lleva una pierna de madera es cómplice del ladrón, pero también estamos seguros de que este hombre no es William. Además, sabemos que William no puede ser el ladrón, porque nos consta que el ladrón llevaba puesto su par de calcetines cuando cometió el robo.

—Y lo peor es —se lamentó Janet— que conocemos los calcetines del ladrón, pero no al ladrón. Estamos ante un misterio cada vez más misterioso. Seguimos hallando pistas que no nos conducen a nada.

—Tendremos que volver mañana al circo para seguir la pista de los calcetines —dijo Peter—. No podemos preguntar a quién pertenecen, pero sí procurar ver quién los lleva puestos.

—Buena idea —dijo Colin—. Reunámonos allí a las diez y fijémonos en los pies de los hombres para ver qué calcetines llevan.

CAPÍTULO TRECE

UNA CHAQUETA A JUEGO CON UNA GORRA

A LAS diez en punto, todos los miembros del Club de los Siete Secretos estaban en la explanada del circo. Acordaron preguntar nuevamente por Tríncolo, a fin de justificar su visita. Pero el acróbata se había marchado.

—Se ha ido a la ciudad —dijo uno de sus compañeros—. ¿Qué queréis de él?

—Solo preguntarle si podemos pasear por aquí —respondió Jack—. Nos gustaría volver a ver los animales...

—Ya podéis pasar —dijo el hombre. Y se dirigió a su caravana dando volteretas.

—No sé cómo pueden girar de esta manera —dijo Pamela—. Parecen ruedas.

—Tú también puedes hacerlo —le dijo Jorge en broma—. Prueba y verás.

Pamela lo probó, pero quedó tendida en el suelo cuan larga era y riéndose de buena gana.

Una niña del circo, de revueltos cabellos, que se había acercado al grupo se rio de Pamela. De pronto, empezó a girar como una hélice, alternando manos y pies y sin tocar apenas el suelo. Su agilidad no tenía nada que envidiar a la del acróbata.

—Fijaos —dijo Jorge—. Aquí hasta los niños saben hacer acrobacias. Tendríamos que practicar en casa.

Fueron a ver al osito, que estaba durmiendo la mar de tranquilo, y luego se acercaron a la ropa tendida. ¡Ya no estaban los calcetines! ¡Mejor que mejor! Seguramente esto era señal de que su propietario los llevaba puestos. Fuera quien fuese, el dueño de aquellos calcetines era el ladrón.

Los niños recorrieron la explanada mirando los tobillos a todos los hombres que se cruzaban en su camino. Pero, por desgracia, ninguno llevaba calcetines. ¡Qué contratiempo!

Luis se dirigió a la jaula de los leones. La abrió y

entró en ella para hacer la limpieza diaria. No hizo el menor caso a los leones, y ellos tampoco le hicieron caso a él. Janet pensó que debía de ser maravilloso poder pasearse entre leones sin temor alguno.

Luis llevaba arremangados sus sucios pantalones, mostrando sus piernas no menos sucias. Calzaba unas botas de goma también asquerosas.

Los niños lo observaron un rato y luego se dispusieron a marcharse. Cuando ya se iban, llegó otro hombre. También a este le miraron los pies, y vieron que iba sin calcetines, como todos.

Sin embargo, algo llamó la atención de Jack, el cual se le quedó mirando fijamente. El compañero de Luis frunció el ceño.

—¿Es que tengo monos en la cara? —gruñó—. ¡A mí no me mires con ese descaro, mocoso!

Jack se puso colorado y se volvió hacia sus amigos. Luego se los llevó aparte para que nadie pudiera oírle y les preguntó con voz agitada por la emoción:

—¿Os habéis fijado en la chaqueta que lleva ese

hombre? Es igual que la gorra que encontramos en el árbol, aunque no está tan pringosa. Estoy seguro de que es de la misma tela.

Todos se volvieron a mirar al hombre, que en aquel momento empezaba a pintar por fuera la jaula de los leones. Se había quitado la chaqueta y la había colgado en la llave de la jaula. ¿Cómo se las compondrían para comparar la gorra con la chaqueta?

–¿Has traído la gorra? –preguntó en voz baja Pamela a Peter.

El muchacho asintió, dándose una palmada en el bolsillo de la americana. Llevaba consigo todo aquello que pudiera facilitarles el descubrimiento de una pista; era una elemental medida de previsión.

Pronto se les presentó la ocasión de acercarse. Alguien había llamado al pintor, y este se fue, dejando el bote de pintura, la brocha y –lo que era más importante– la chaqueta.

Los siete amigos fueron hacia la prenda inmediatamente.

—Haced como si estuvierais mirando a los leones —susurró Peter—. Yo, entre tanto, comprobaré la americana con la gorra.

Todos concentraron sus miradas en los leones y empezaron a hacer comentarios sobre ellos. Entre tanto, Peter, que tenía la gorra en la mano, la cotejaba detenidamente con la chaqueta.

Pronto volvió a guardarse la gorra. No cabía duda: era la misma tela; la gorra y la chaqueta hacían juego. ¿Sería aquel individuo que pintaba la jaula el ladrón? Pero ¿por qué habría arrojado la gorra a la copa del árbol? ¿Por qué la habría dejado allí abandonada? No tenía explicación.

El pintor regresó silbando y se agachó para recoger la brocha. Entonces Colin tuvo ocasión de verle la coronilla.

Después los chicos se alejaron de allí y preguntaron a Peter por el resultado de su investigación.

Peter hizo un movimiento afirmativo de cabeza.

—Son de la misma tela —dijo—. Por lo tanto, este

hombre puede ser el ladrón. Tendremos que vigilarle.

Pero Colin replicó inesperadamente:

—No opino lo mismo. He podido verle bien la parte alta de la cabeza. Su pelo es negro como el del hombre que estaba en el árbol, pero le falta la pequeña calva en el centro. Por eso estoy seguro de que no es el ladrón.

CAPÍTULO CATORCE

DE NUEVO LAS MARCAS REDONDAS

LOS SIETE se sentaron en la cerca que rodeaba la explanada del circo. Estaban descorazonados.

−¡Pensar que hemos encontrado una chaqueta que hace juego con la gorra, y ahora resulta que su dueño no puede ser el ladrón, porque su cabeza, mejor dicho, su coronilla, no es la del hombre que estaba en el árbol! −murmuró Peter−. Desde luego, este enigma es cada vez más enigmático. Seguimos encontrando magníficas pistas y todas resultan falsas.

−Y si viéramos a alguien −dijo Janet− con los calcetines azules puestos, tampoco sería el ladrón: lo sería su tía o su abuela.

Todos se echaron a reír.

−Sin embargo −dijo Peter−, no estamos seguros

de que la gorra tenga algo que ver con el robo del collar. Lo único que podemos afirmar es que estaba entre las ramas de un árbol cerca del lugar por donde el ladrón saltó el muro.

–Pues yo estoy seguro de que esa gorra tiene algo que ver con el misterio –dijo Jorge–. Lo que no sé es de qué modo está relacionada con él.

Todos estaban compungidos. ¡Qué aventura tan complicada!

En esto, Janet lanzó un grito ahogado.

–¿Qué pasa? ¿Se te ha ocurrido algo? –preguntó Peter.

–No –respondió Janet–. Es que estoy viendo algo interesante.

Y diciendo estas palabras, señaló hacia su derecha.

Todos miraron en la dirección que Janet indicaba. Y se quedaron pasmados. El terreno estaba húmedo, y en un lugar cubierto de barro se veían unas huellas profundas, redondas, regulares, idénticas a las observadas cerca del muro y parecidas a las marcadas por el cojo en los alrededores de su vivienda.

—Estas sí que tienen la misma medida —dijo Peter, bajando de un salto de la valla—. Son mayores que las que dejó el cojo con su pata de palo. Voy a medirlas.

Sacó el trocito de cordel y lo colocó sobre una de las huellas con sumo cuidado. Después hizo la prueba con dos huellas más. Levantó la cabeza radiante de contento.

—¡Mirad! Tienen la misma medida. Estas huellas son idénticas a las que vimos junto al muro escalado por el ladrón.

—Entonces, en este circo hay también un hombre con una pierna de madera —exclamó Colin, nervioso—. No será el ladrón, porque un cojo no puede saltar un muro tan alto, pero tendrá algo que ver con el ladrón.

—Tenemos que encontrarlo —dijo Jorge—. Si descubrimos quién es su amigo o con quién comparte caravana, sabremos quién es el ladrón. Y supongo que el ladrón lleva puestos los calcetines azules que estaban tendidos. Me parece que nos vamos acercando a la verdadera pista.

En este momento, la niña acróbata, que se había ido acercando a ellos, se mezcló en la conversación.

—No seáis tontos —dijo—. Aquí no hay cojos. No se pueden hacer acrobacias con una pierna de madera. En el circo todos tenemos dos piernas, ¡y buena falta nos hacen! ¡Estáis tontos!

Peter la miró, muy serio.

—Mira, niña: sabemos que hay un cojo en el circo. Te doy una moneda si nos dices dónde está.

La chiquilla atrapó la moneda en el aire y se echó a reír.

—Me quedo con la moneda —exclamó—. ¿Cómo va a haber en un circo un hombre con pierna de madera? ¡Estáis locos!

Y se alejó, dejándoles con la palabra en la boca y dando volteretas tan de prisa como las daban los payasos en la pista.

—Aunque insistierais —dijo una mujer desde una caravana cercana—, no os podría decir otra cosa. ¿Qué haría un cojo en el circo?

Y se retiró al interior de su caravana, cerrando la puerta. Los Siete se quedaron abatidos.

—Encontramos unas huellas en los alrededores de Chimney Cottage y estamos seguros de que pertenecen al ladrón —refunfuñó Peter—. Pero después resulta que son de un cojo que no tiene nada que ver con este misterio. Y cuando descubrimos las huellas de la misma medida que las de Milton Manor, están en un lugar donde nos aseguran que no hay cojos. ¡Esto es un misterio!

—Sigamos el rastro —propuso Janet—. Resultará difícil seguirlo entre la hierba, pero quizá lo consigamos.

Todos estuvieron de acuerdo y siguieron, no sin dificultad, las huellas. Pronto se encontraron ante una caravana pequeña, próxima a la jaula de los leones y a otra caravana mayor en cuya escalerilla estaba sentado Luis.

DE NUEVO LAS MARCAS REDONDAS

Mientras el joven los miraba sorprendido, los chicos subieron a la caravana pequeña y empezaron a inspeccionar su interior. No tenía aspecto de estar habitado. Allí solo se veían objetos y enseres de circo.

De pronto, una piedra entró como un proyectil en la caravana, haciéndolos saltar..

–¡Fuera de aquí! –gritó Luis mientras cogía otra piedra–. ¿Es que no me oís? ¡Largo de aquí, granujas!

CAPÍTULO QUINCE

PETER Y COLIN EN PELIGRO

LOS SIETE huyeron a todo correr sin detenerse. Ya en el camino, Jorge empezó a frotarse un tobillo: había recibido una pedrada.

–¡El muy bruto! Es extraño que se haya puesto tan furioso solo porque hemos entrado en esa vieja caravana que solo sirve de trastero.

–A lo mejor –dijo Janet en broma–, el ladrón ha escondido allí el collar.

Peter se la quedó mirando, pensativo.

–¿Sabes que puedes haber dado en el clavo? –dijo lentamente–. Antes solo sabíamos que el ladrón estaba en el circo. Ahora sabemos dónde tiene escondido el collar. Si las perlas no estuvieran allí, Luis no se habría puesto tan furioso.

—Me gustaría poder entrar a registrarla –dijo Colin, pensativo–. Pero no sé cómo.

—¡Pues yo sí! –replicó Peter–. Tú y yo asistiremos a la función de esta noche; y cuando todos estén en la pista, o junto a ella esperando su turno, registraremos la caravana en busca del collar.

—Yo no creo que esté allí –dijo Pamela–. No es un sitio muy a propósito para esconderlo.

—Pues a mí me dice el corazón que sí que está en esa caravana –replicó Peter tercamente–. No sé explicar por qué, pero así lo creo. Aquellas curiosas huellas redondas se dirigían a esa caravana. Y eso ya es sospechoso.

—Ya lo creo que son curiosas –dijo Bárbara–. Unas huellas de un cojo, en un circo donde no hay ninguno. Esta aventura no tiene pies ni cabeza.

—No creas –observó Jorge–. Lo que pasa es que es algo así como un gran rompecabezas. Por separado, las piezas no dicen nada; es más, confunden. Pero estoy seguro de que cuando consigamos encajarlas ordenadamente, veremos un cuadro completo y perfecto.

—Tienes razón —dijo Pamela—. Todo lo que hemos encontrado hasta ahora han sido piezas sueltas, y estoy segura de que encajan unas con otras. Lo malo es que no sabemos cómo acoplarlas. Una brizna de lana azul que pertenece a unos calcetines que vimos colgados en una cuerda; una gorra en la copa de un árbol; una chaqueta de la misma tela que una gorra; un hombre que lleva la chaqueta, pero que no es el ladrón; y, en fin, esas extrañas huellas redondas que aparecen por todas partes y que no sabemos de quién son.

—Ahora tenemos que volver a casa —dijo Peter, consultando su reloj—. Es ya casi la hora de comer. Hemos perdido toda la mañana. Tanto enredo ya me va cargando. Estoy hasta la coronilla de pistas que solo sirven para despistarnos.

Poco después, cuando ya iban de regreso, Peter decidió:

—Hoy no volveremos a reunirnos. Colin y yo iremos solos al circo esta noche. Trae la linterna, Colin. Sería una suerte que encontrásemos el collar escondido entre los trastos de la caravana.

—No te hagas ilusiones. No comprendo por qué te empeñas en buscar el collar en esa caravana. Sin embargo, nos encontraremos esta noche a la puerta del circo.

Colin llegó primero. Poco después apareció Peter corriendo. Entraron juntos, lamentándose por el gasto que representaban las dos entradas.

—¡Y solo por media función! —se quejó Peter en voz baja.

Los dos chicos se colocaron en la parte trasera para poder salir fácilmente sin ser vistos. Se sentaron y esperaron impacientes a que empezara la función.

Fue realmente muy buena. Los payasos, los zancudos, los acróbatas parecían mejor que nunca. A Colin y a Peter no les hizo ninguna gracia tener que dejar sus asientos sin ver el resto del espectáculo.

La explanada estaba en la más completa oscuridad. Se equivocaron varias veces de camino, pero al fin dieron con la dirección que debían seguir.

–Por aquí –dijo Peter, cogiendo a Colin del brazo–. Mira: aquella es la caravana; estoy seguro.

Cautelosamente, se acercaron. No se atrevieron a encender las linternas por temor a que alguien les viese. Peter tropezó con el primer escalón de la caravana y empezó a subir con mucho cuidado.

–Sube –susurró a Colin–. Podemos entrar. La puerta no está cerrada. Podremos buscar con tranquilidad.

Al entrar, andando a tientas, tropezaron con algo.

–¿Podemos encender ya las linternas? –preguntó Colin en voz baja.

–Sí; no oigo que nadie ande cerca –respondió Peter.

Formando pantalla con las manos, enfocaron las linternas al fondo del vehículo.

Su sorpresa fue mayúscula. Aquella no era la caravana que andaban buscando. No era el atiborrado trastero. Era una caravana donde vivía gente. ¿Qué pasaría si los encontraban allí?

—¡Salgamos de aquí cuanto antes! —dijo Peter.

Pero Colin se aferró a su brazo. Había oído voces muy cerca. Alguien estaba subiendo la escalerilla de la entrada. Los dos estaban paralizados por el temor, sin saber qué hacer.

CAPÍTULO DIECISÉIS

¡PRISIONEROS!

—¡ESCÓNDETE DEBAJO de esta litera, pronto! —murmuró Peter, temblando de miedo—. Yo me meteré debajo de la otra.

Cada uno se deslizó debajo de una litera y los dos quedaron ocultos por los volantes de las colchas.

Dos hombres entraban en la caravana. Uno de ellos encendió una lámpara y se sentó en una litera, mientras su compañero hacía lo mismo en la otra. Peter y Colin solo podían ver los pies y los tobillos. De pronto, Peter quedó petrificado. El hombre que estaba sentado en la litera de enfrente, es decir, el que tenía debajo a Colin, se había subido las perneras de los pantalones y mostraba unos calcetines azules con una raya roja.

¡PRISIONEROS!

¡Era desesperante! Tenía enfrente al hombre que sin duda era el ladrón, y no podía ver su cara ni averiguar quién era. ¿Quién podía ser?

—Esta noche me largo —dijo uno de los hombres— Estoy harto de esta vida. Solo hacen que hablar y pelearse. Además, me temo que la policía acabará por presentarse por aquello.

—Tú siempre piensas lo peor —dijo el hombre de los calcetines—. Avísame cuando estés en lugar seguro; así podré llevarte el collar. Pero ya sabes que puede estar en su escondrijo meses enteros si es necesario.

—¿Estás seguro de que es un buen escondite? —preguntó el otro.

El de los calcetines se echó a reír y dio esta extraña respuesta:

—Ya se cuidan los leones de que lo sea.

Peter y Colin escuchaban con una mezcla de temor y curiosidad. Ya podían asegurar que habían descubierto al ladrón y que era el hombre de los cal-

cetines. Otra cosa que sabían era que el collar se hallaba en lugar seguro y que allí estaría bastante tiempo. Por otra parte, no cabía duda de que el otro hombre tenía miedo y quería huir. Por eso dijo:

—Di que no me encuentro bien y que no puedo hacer mi número esta noche. Creo que lo mejor es que me vaya ahora que todos están en la pista o esperando salir. ¿Quieres enganchar el caballo?

El hombre de los calcetines se levantó, abrió la puerta y bajó la escalerilla. Peter y Colin tenían la esperanza de que el otro se fuera también. Entonces saldrían de la caravana. Pero el otro no se movió: se quedó sentado, repiqueteando con los dedos sobre algo que los chicos no veían. Era evidente que estaba atemorizado y nervioso. Peter y Colin oyeron enganchar el caballo. Luego, el hombre de los calcetines dijo desde la puerta:

—Ya está listo; puedes ponerte en marcha. ¡Hasta la vista!

El hombre se levantó, salió de la caravana, y ante

el estupor de los muchachos, cerró la puerta con llave. Luego pasó a la parte delantera de la caravana, subió al pescante, tiró de la brida del caballo, y avanzó a través de la explanada.

–¡Esto es terrible! –exclamó Colin–. La puerta está cerrada. ¡Estamos prisioneros!

–Sí –dijo Peter, saliendo de su escondrijo–. ¡Qué racha de mala suerte! –Y repitió–: ¡Sí, vaya mala suerte! Porque supongo, Colin, que te habrás dado cuenta de que uno de los dos hombres lleva los calcetines azules, y es precisamente el que se ha quedado en el circo. ¡Es tener mala pata!

–Pero hemos averiguado muchas cosas –dijo Colin, saliendo también de su escondite–. Por ejemplo, sabemos con toda seguridad que el collar está escondido en el circo. ¿Qué han querido decir con aquello de los leones? ¿Tú lo has entendido?

–No. Pero se podría deducir que el collar está en la jaula de los leones. Tal vez lo hayan escondido debajo de las maderas del suelo. ¿No te parece?

¡PRISIONEROS!

—Tenemos que escapar a toda costa —dijo Colin, desesperado—. Quizá podamos saltar por una ventana...

Los dos miraron con toda clase de precauciones por el ventanillo que comunicaba el interior de la caravana con el pescante. En ese momento, pasaba junto a un farol de la calle, y Peter dio un codazo a Colin.

—¡Mira! —dijo en voz muy baja—. El que conduce lleva la chaqueta escocesa que hace juego con la gorra que encontramos en la copa del árbol. Debe de ser el que pintaba la jaula de los leones.

—Sí. El ladrón debió de ponerse la gorra de su compañero de caravana —dijo Colin—. Esto es una pieza del rompecabezas que encaja.

Trataron de abrir las ventanas, pero estaban cerradas. Colin hizo ruido intentando abrir una, y el hombre volvió la cabeza. Como en este momento pasaban junto a otro farol, el conductor debió de ver a los chicos, pues detuvo el vehículo en el acto. Luego bajó del pescante y se dirigió a la parte posterior, a la puerta.

–¡Estamos perdidos! –dijo Peter con voz ahogada–. ¡Escóndete, Colin! ¡Pronto! Ya está abriendo la puerta.

CAPÍTULO DIECISIETE

OTRA VEZ EN EL CIRCO

SE OYÓ girar la llave en la cerradura, y la puerta se abrió. Un cono de luz empezó a dar vueltas por el interior de la caravana.

Peter y Colin estaban debajo de las camas, de modo que no se los podía ver. Pero el hombre estaba tan seguro de que allí había alguien, que pronto miró debajo de una litera y descubrió a Peter. En seguida le sacó de un tirón y lo zarandeó brutalmente. Luego empezó a golpearle con tal violencia, que el chico no pudo contener un grito. Inmediatamente, Colin dejó su escondite para acudir en ayuda de Peter.

–¿De modo que sois dos? –exclamó el hombre. –¡Queréis decirme qué hacéis en mi caravana? ¿Cuánto tiempo lleváis aquí?

–No mucho –se apresuró a contestar Peter–. Entramos en esta caravana por equivocación. Queríamos subir a otra, pero nos desorientamos en la oscuridad.

–No os creo. Os voy a dar una buena paliza para que aprendáis a no meteros donde no os llaman.

Dejó su linterna en un estante y se arremangó. Los chicos empezaron a temblar ante aquella actitud amenazadora.

Con repentina inspiración, Colin dio un manotazo a la linterna, que fue dando vueltas por el aire y se estrelló contra el suelo. La bombilla se hizo añicos y el coche quedó sumido en la oscuridad.

–¡Los dos a la vez, Peter! –gritó Colin.

Acto seguido, se arrojó a las piernas del hombre; pero la oscuridad le impidió precisar el salto y salió disparado por la portezuela, yendo a caer sobre el polvo del camino.

Peter recibió un golpe tan fuerte en la cabeza, que se tambaleó. Pero en seguida se arrojó a las piernas del enemigo y consiguió aferrarse a una de ellas.

El bandido se enfureció y le lanzó nuevos golpes, pero perdió el equilibrio y quedó tendido en el suelo.

De ello se aprovechó Peter para darse a la fuga. En su precipitación, cayó rodando por la escalerilla y fue a parar a la cuneta.

En este momento, el caballo se espantó y empezó a galopar, arrastrando la caravana, que se tambaleaba de modo alarmante.

Y con la caravana se alejó su dueño, que sin duda todavía estaba aturdido a consecuencia de la caída.

–¡Colin! –gritó Peter–. ¿Dónde estás? ¡Ven en seguida! El caballo se ha llevado al coche y al hombre. ¡Aprovechemos la ocasión!

Colin estaba escondido, no lejos de allí, en la cuneta. Corrió a reunirse con Peter, y los dos salieron como flechas en dirección contraria a la que seguía el coche.

Cuando vieron que se habían distanciado de la caravana lo suficiente para estar tranquilos, dejaron de correr.

–Todo nos sale mal –dijo Colin–. Ni siquiera acertamos a subir a la caravana que nos interesaba registrar.

–Pero hemos averiguado muchas cosas –replicó Peter–. Y sabemos lo principal: que el ladrón lleva en este momento los calcetines azules. Cierto que no sabemos quién es, pero a mí me parece haber reconocido su voz.

–A todo esto, ¿tienes idea de dónde estamos? –preguntó Colin–. Yo ni siquiera sé si vamos hacia casa o en dirección opuesta. Como todo nos sale al revés, bien podría ser que ahora nos ocurriese lo mismo.

–No temas –respondió Peter–. Sé dónde estamos. No tardaremos en llegar al circo. ¿Quieres que volvamos a entrar para ver si damos con el hombre de los calcetines? Estoy seguro de que lo descubriremos.

Colin dijo que no quería ir. Consideraba que ya habían tenido bastante aventura por aquella noche.

OTRA VEZ EN EL CIRCO

Si Peter quería entrar, que entrase. Él le esperaría en la valla de entrada.

Y Peter saltó la valla y se dirigió a la parte iluminada del recinto. La función había terminado ya y el público se había marchado. Los artistas estaban cenando a la luz de las hogueras y los faroles. Entre ellos, varios niños jugaban y correteaban. Uno de ellos parecía mucho más alto que los otros. Peter le observó y pronto se dio cuenta de que llevaba unos largos zancos. Estaba imitando a los zancudos que salían a la pista. Era aquella niña que se había reído de ellos y les había dicho que no había cojos en el circo.

Pasó junto a Peter, pero no lo vio porque se había escondido detrás de una caravana. Además, la niña estaba absorta en la tarea de mantener el equilibrio sobre los zancos. Cuando la pequeña zancuda se alejó, Peter estaba petrificado, con la mirada fija en el suelo. Los zancos de la niña habían dejado unas huellas redondas y regulares, profundas y continuas, exactamente iguales a las que había junto al muro de

Milton Manor. Allí estaban, destacándose en la tierra fangosa, a la luz de un farol cercano.

«¡Qué idiotas hemos sido! –pensó Peter–. Las huellas redondas no son de una pierna de madera, sino de unos zancos. Es increíble que no se nos haya ocurrido desde el primer momento».

CAPÍTULO DIECIOCHO

PETER CUENTA SU HISTORIA

PETER NO apartaba los ojos de las huellas circulares. La niña seguía yendo de un lado a otro con sus zancos y dejando profundas huellas por dondequiera que pasaba. ¡Otra pieza del rompecabezas que encajaba!

«El ladrón iba con zancos. Se los llevó para poder subir al muro. Tengo que explicárselo a Colin», se dijo Peter.

Y corrió a reunirse con su compañero.

—¡Colin, he descubierto una cosa extraordinaria! Ya sé de qué son las marcas redondas. No tienen nada que ver con ninguna pierna de madera.

—Entonces ¿de qué es? —preguntó Colin.

—De unos zancos. El extremo de un zanco. El ladrón iba en zancos para alcanzar la cima del muro.

—Pero ¿cómo puede ser? —preguntó Colin—. En fin, lo mejor será que nos vayamos a casa. No estoy para discurrir ni comprender nada: es ya muy tarde y me caigo de sueño.

—Yo estoy igual —dijo Peter—. Bueno, dejemos de momento este asunto. Mañana nos reuniremos. Entre tanto, habremos tenido tiempo para pensar. Janet se encargará de avisar a los demás. En este momento no puedo comprender cómo se las arreglaría el ladrón para saltar el muro con los zancos puestos.

Colin lanzó un gran bostezo. En aquel momento era incapaz de pensar en nada. Todavía notaba los efectos de su caída desde la caravana. Se había dado un golpe en la cabeza y se sentía medio atontado.

Cuando Peter llegó a casa, Janet dormía profundamente y no quiso despertarla. Se acostó con la intención de reunir todos los hechos y detalles, pero el sueño lo venció y se quedó dormido en seguida.

A la mañana siguiente no dijo a Janet ni una palabra de su aventura nocturna: se limitó a pedirle que convocara a los demás a una reunión.

Intrigados y puntuales, fueron llegando uno tras otro. Y tras decir la contraseña: «Aventura», se les abría la puerta. Colin fue el último. Se excusó diciendo que se había dormido.

—¿Qué ocurrió anoche? —preguntó Pamela, impaciente—. ¿Encontrasteis el collar? ¿Ya sabéis quién es el ladrón?

—No encontramos el collar, pero ya lo sabemos todo —dijo Peter, triunfante.

—¿Lo sabemos? —exclamó Colin sorprendido—. Lo sabrás tú, Peter, pero yo no. Todavía no me he despertado.

—¡Cuenta, Peter, por favor! —suplicó Jorge—. ¡No nos hagas esperar más!

—Vamos al Bosquecillo y os explicaré cómo saltó el ladrón el muro —decidió Peter por parecerle que explicar las cosas sobre el terreno era lo mejor para poder atar todos los cabos sueltos.

—Explícanoslo aquí —suplicó Janet decepcionada.

—No —insistió Peter—, vayamos al Bosquecillo.

Allí pues se dirigieron, y se acercaron a la entrada de Milton Manor. De nuevo hallaron a Johns trabajando en los parterres que rodeaban el paso para los coches.

—¡Johns! ¿Podemos entrar otra vez? —preguntó Peter—. No estropearemos nada.

Johns abrió la verja, sonriendo.

—¿Qué? ¿Habéis averiguado algo?

—Muchas cosas —respondió Peter, mientras se dirigía al lugar por donde el ladrón había saltado el muro—. Venga con nosotros, Johns, y verá cuántas cosas hemos descubierto.

—Bueno, pero primero tengo que dar paso a este coche —dijo, señalando un auto negro que acababa de parar ante la verja.

Los muchachos se agruparon junto al muro.

—¡Atención! —dijo Peter—. Vais a saber lo que ocurrió. El ladrón sabía andar sobre zancos. Llegó a través del bosque, se los puso, se acercó al muro y se sentó en él. Entonces se quitó los zancos y los pasó al otro lado de la pared. Se los volvió a poner y siguió andando sobre ellos hasta donde le convino, se los volvió a quitar y los escondió en un seto.

—¿Y qué más? —le apremió Janet, emocionada.

—Pues, entró en la casa, robó el collar, volvió a calzarse los zancos y saltó de nuevo el muro.

—¡Ahora lo comprendo! —exclamó Pamela—. Así que esas marcas redondas son de un par de zancos.

—Exacto —dijo Peter. Y siguió explicando—: Cuando el ladrón se acercó al muro, su gorra quedó prendida en la rama donde la encontramos, y él no la recogió para no perder tiempo. Después se sentó en el muro, y en este momento su calcetín se enganchó en un ladrillo saliente. Luego, el ladrón saltó al exterior.

—Eso es lo que yo vi —dijo Colin—. Pero cuando yo lo vi, no llevaba los zancos... ¿Qué había hecho con ellos?

CAPÍTULO DIECINUEVE

¿DÓNDE ESTÁ EL COLLAR?

–¿QUERÉIS SABER lo que hizo el ladrón con los zancos después de utilizarlos para robar el collar? –preguntó Peter–. A decir verdad, no puedo asegurar nada, pero yo juraría que los arrojó entre algunos arbustos espesos.

–Claro –dijo Pamela–, pero ¿qué tipo de arbustos?

Todos empezaron a mirar a derecha e izquierda, tratando de descubrir un arbusto lo bastante frondoso para que su ramaje pudiera ocultar unos zancos.

–¡Mirad aquel acebo! –exclamó Colin, señalando unas ramas que emergían por encima del muro–. Esos árboles están siempre verdes y su copa es muy tupida. Además, nadie se atreve a meterse entre sus ramas porque pinchan mucho.

¿DÓNDE ESTÁ EL COLLAR?

—Desde luego —dijo Peter—, es un buen escondrijo. Vamos a verlo de cerca.

Todos salieron de Milton Manor para situarse al otro lado del muro. En seguida advirtieron que buscar entre los acebos comportaba muchos arañazos. Pero valía la pena. ¡Entre las ramas más espesas había dos largos zancos! Colin se encargó de sacar uno y Peter tiró del otro.

—¡Tenías razón, Peter! —exclamó Janet—. ¡Qué listo eres! Has descifrado el misterio y ahora todo queda explicado: la pringosa gorra que colgaba de una rama, el trozo de lana, las curiosas marcas redondas, cómo pudo el ladrón saltar un muro tan alto... Sin duda los Siete Secretos han sido pero que muy listos.

—Así lo creo yo también —dijo una voz a espaldas de los niños.

Todos volvieron la cabeza. Allí estaba su amigo el inspector de policía, sofocado, y no lejos de él estaba Johns, el jardinero.

—¡Hola! —exclamó Peter, sorprendido—. ¿Nos estaba escuchando?

—Sí —respondió el inspector, con evidente satisfacción, pero todavía jadeante—. Cuando Johns ha abierto la verja para que yo pudiese entrar con mi coche, me ha dicho que parecía que habíais resuelto el misterio. Y al veros salir tan decididos, he deducido que lo teníais todo solucionado. Bueno, ¿qué explicación me dais? Os hago esta pregunta porque es evidente que habéis vencido a la policía.

Peter se echó a reír.

—Bueno. Pero es que nosotros podíamos introducirnos en el circo sin que nadie sospechara nada. En cambio, si usted hubiera enviado a siete policías, puede estar seguro de que todo el mundo habría sospechado.

—De eso no cabe duda —convino el inspector.

Luego cogió los zancos y los examinó detenidamente.

—En verdad el ladrón tuvo una excelente idea. No hay nada mejor que esto para escalar un muro tan alto. Supongo que también me podréis decir quién es el ladrón.

—Casi. Es un zancudo —respondió Peter—. Y me parece que es un hombre que se llama Luis. Si usted va al circo, le será fácil reconocerlo por el detalle de que lleva unos calcetines azules con una raya roja a los lados.

—Y tiene el pelo negro —dijo Colin—, con una pequeña calva en la coronilla. Por lo menos, el hombre que yo vi en el árbol la tenía.

El inspector estaba admirado.

—¡Es asombroso que hayáis averiguado tantas cosas! —exclamó—. Solo falta que me digáis el color de su pijama. Voy a ver a ese hombre. ¿Por qué no me acompañáis? Vendrá con nosotros una pareja de agentes.

Pamela se imaginó la entrada en el circo de los Siete Secretos acompañados de tres policías, y preguntó:

—¿No le parece que los artistas se asustarán cuando nos vean?

—Se asustarán los que tengan motivo para asustarse —respondió el inspector—. Quiero comprobar por mis propios ojos si el ladrón tiene una calva en la coronilla... Pero ¿cómo demonio os las arregláis para averiguar tantas cosas? ¡Es increíble!

Llegaron a la explanada del circo. Primero llegaron los policías, naturalmente, porque iban en coche. Pero esperaron a los chicos y entraron los diez juntos, ante el asombro de la gente del circo.

—Aquel es Luis —dijo Peter señalando al joven malcarado, que estaba junto a la jaula de los leones—. ¡Qué mala pata! No lleva calcetines.

—Tendremos que echar una mirada a su cabeza —dijo Colin.

Luis se quedó de piedra al verlos acercarse. Sus ojos miraron inquietos la figura del gigantesco inspector.

—No llevas calcetines, ¿verdad? —preguntó el policía ante el estupor de Luis—. Súbete las perneras de los pantalones.

¿DÓNDE ESTÁ EL COLLAR?

Y pudieron ver que, como Peter había observado, Luis no llevaba calcetines.

–¿Quiere usted decirle que baje la cabeza, señor inspector? –dijo Colin, dejando a Luis todavía más asombrado.

–Agacha la cabeza –ordenó el inspector.

Luis, muerto de miedo, inclinó la cabeza como si saludara al público.

Colin lanzó un grito.

–¡Es él! ¡Estoy seguro! Miren la pequeña calva en su coronilla. Es la misma que yo vi cuando los dos estábamos en la copa del árbol.

–Muy bien –dijo el inspector. Y dirigiéndose a Luis, añadió–: Y ahora, joven, tengo que hacerle una pregunta. ¿Dónde está el collar de perlas?

CAPÍTULO VEINTE

FIN DE LA AVENTURA

LUIS LES dirigió a todos una mirada furibunda.

–¿Se ha vuelto loco? –exclamó–. Primero me pide que le enseñe las piernas, luego que agache la cabeza, y ahora usted me pregunta por un collar de perlas. ¿Qué collar? Yo no sé nada de ningún collar.

–¡Vaya si sabes! –dijo el inspector–. Y nosotros también muchas cosas de ti. Utilizaste unos zancos para pasar al otro lado del muro, ¿verdad? Me refiero al de Milton Manor. Cuando ya tenías el collar en tu poder, volviste al muro, te pusiste de nuevo los zancos y así pudiste sentarte en lo alto de la pared. Allí estuviste un momento, a horcajadas, y luego, de un salto, quedaste fuera de la finca.

–No sé de qué me habla usted –gruñó Luis.

FIN DE LA AVENTURA

–Entonces te refrescaré la memoria –dijo el inspector–. Dejaste a tu espalda huellas de zancos, esta gorra colgada de una rama y este trocito de lana de tus calcetines. También dejaste tus zancos entre un acebo. No me dirás ahora que lo hiciste para nada. Así es que dinos de una vez dónde está el collar de perlas.

–Ya que es tan listo, encuéntrelo usted –refunfuñó Luis–. Aunque, a lo mejor, se lo llevó mi hermano, que se marchó anoche.

–Se marchó –dijo Peter–, pero no se llevó el collar. Yo estaba en la caravana y lo oí todo.

Luis dirigió a Peter una mirada alarmada, pero no dijo nada.

Peter continuó:

–Y usted dijo que el collar estaba en lugar seguro, porque lo guardaban los leones. ¿Verdad que lo dijo? Confiéselo.

Luis seguía guardando silencio.

–Perfectamente –dijo el inspector–. Interrogaremos a los leones.

Acompañados de los siete niños y de algunos artistas que habían escuchado con gran interés el interrogatorio, los policías se dirigieron a la jaula de los leones. El osito, que estaba en libertad en aquel momento, se agregó alegremente a la comitiva.

El inspector mandó llamar al domador de los leones y este se presentó con un gesto de sorpresa e inquietud.

—¿Cómo se llama usted? —le preguntó el inspector.

—Ricardo —respondió el domador.

—Pues bien, Ricardo. Tenemos razones para creer que sus leones guardan un collar de perlas en algún lugar de la jaula o de sus cuerpos.

Ricardo abrió los ojos desmesuradamente y miró al policía como si no pudiera creer lo que estaba oyendo.

—Abra la jaula, entre y busque —ordenó el inspector—. Mire si hay alguna madera suelta o algún hueco donde se pueda haber escondido algo.

Ricardo, aunque todavía no había conseguido reponerse de su sorpresa, hizo lo que se le ordenaba. Los leones le miraron cuando entró y uno de ellos ronroneó como un gato, aunque mucho más fuerte.

El domador revisó toda la jaula. No había ninguna madera suelta. Se volvió hacia los que le observaban.

—Señor —dijo al inspector—, como usted ve, en esta jaula no hay nada más que los leones. Y ellos no podrían llevar el collar encima porque se lo habrían quitado a zarpazos.

Peter no apartaba los ojos de la cara de Luis. Al ver que miraba ansiosamente y a cada momento el abrevadero de los leones, dio un codazo al inspector.

—Dígale que examine el abrevadero, señor inspector.

Recibida la orden, Ricardo se inclinó sobre el recipiente, lo levantó y vació el agua.

—Vuélvalo boca abajo —le dijo el inspector. El domador lo hizo y lanzó una exclamación de sorpresa.

—¡Aquí han soldado una pieza! Le aseguro, señor, que esto no estaba aquí antes.

Y mostró el fondo del abrevadero, en cuyo centro se veía una madera que formaba un doble fondo. Ricardo sacó una herramienta de su cinturón y desprendió la pieza.

Entonces algo cayó al suelo de la jaula.

–¡El collar! –gritaron todos los niños a la vez, sobresaltando a los leones, que volvieron la cabeza hacia ellos.

Ricardo entregó el collar a través de los barrotes y se volvió hacia los leones para tranquilizarlos.

El osito, que en este momento estaba junto a Janet, lanzó un gruñido de temor al oír los rugidos de los leones. La niña intentó cogerlo en brazos, pero no lo pudo levantar.

–¡Perfecto! –exclamó el inspector, guardándose el magnífico collar en el bolsillo.

Los niños oyeron voces a sus espaldas y, al volverse, vieron que los dos agentes se llevaban a Luis. El hombre pasaba en aquel momento bajo la cuerda llena de ropa tendida. Allí estaban, mecidos por el viento, los calcetines azules que tanto habían contribuido a descubrir al ladrón.

–¡En marcha! –dijo el inspector a los Siete–. Vamos a ver a la señora Lucy Thomas, y le contaréis vuestra aventura de principio a fin. Sin duda, querrá recompensaros. Supongo que tendréis algún deseo. ¿Qué vas a pedir tú Janet?

La niña dirigió una mirada cariñosa al osito que correteaba a su alrededor y respondió:

–Pues a mí me gustaría, aunque no creo que esto pueda ser, un osito como este pero más pequeño, para que pueda cogerlo en brazos. Y creo que Pamela también pediría un osito de buena gana.

El inspector se rio a carcajadas.

–Bien, pedid lo que queráis, osos, o lo que os pase por la cabeza; hasta un circo entero. Lo merecéis. Verdaderamente, no sé qué haría sin la ayuda del C. S. S. Supongo que seguiréis ayudándome, ¿no?

–Desde luego –dijeron los Siete a la vez.

Y ya podéis estar seguros de que lo harán.

¿QUÉ RECUERDAS DE ESTA AVENTURA DE LOS SIETE SECRETOS?

Aquí tienes algunas preguntas para poner a prueba tu memoria. Encontrarás las respuestas al final de la página siguiente, pero al revés. ¡No vale hacer trampa!

1. ¿De qué deciden disfrazarse los Siete al principio de la historia?

2. ¿Y adónde van a jugar con sus disfraces?

3. Cuando el hombre que huye es descubierto por uno de los Siete, ¿dónde va a esconderse?

4. ¿Cómo es el collar que ha sido robado?

5. ¿Cómo se llama la hermana de Jack que siempre está molestando?

6. ¿Cómo se llama el jardinero?

7. ¿Cuál es la primera pista que encuentran los Siete?

8. ¿Qué anuncia un cartel pegado en un muro?

9. ¿Qué diferencia a uno de los acróbatas?

10. ¿Cuál es el nombre del simpático acróbata que invita a los Siete a visitar los animales?

11. ¿Cómo se llama el elefante?

12. ¿Qué pista les da el calcetín de lana azul que está tendido en el circo?

1. De pieles rojas. 2. Al Bosquecillo. 3. Arriba de un árbol. 4. Es un collar de perlas. 5. Susie. 6. Johns. 7. Un trocito de lana. 8. Un circo. 9. Que no lleva bigote ni barba. 10. Trincolo. 11. *Jumbo.* 12. Tiene un desgarrón y es de la misma lana que Peter ha encontrado; por tanto el ladrón está cerca.